PAR

GEORGE BASTARD

PARIS

GEORGES CHAMEROT, IMPRIMEUR-ÉDITEUR

19, RUE DES SAINTS-PÈRES, 19

1889

PARIS QUI ROULE

DU MÊME AUTEUR

Paris qui roule. 1 volume in-18 comprenant 120 gravures et dessins. . . . . 3 fr. 50

OUVRAGES MILITAIRES

ARMÉE DE CHALONS

Sanglants Combats. 4e édition. 1 volume . . 3 fr. 50

Un Jour de Bataille. 5e édition. 1 volume . . 3 fr. 50

Défense de Bazeilles, suivie de **Dix Ans après au Tonkin.** 5e édition. 1 volume . . . . . 3 fr. 50

En préparation :

Charges héroïques. — A Reichshofen. — Autour de Metz.

ROMANS MARITIMES

HOMMES DE MER

En Croisière. 1 volume. . . . . 3 fr. 50

Pour y faire suite :

Le Roi blanc. . . . . 1 volume.

GEORGE BASTARD

PARIS

ROULE

AVEC DESSINS DE TIRET-BOGNET

ET

OMBRES CHINOISES DE LOUIS BOMBLED

PARIS

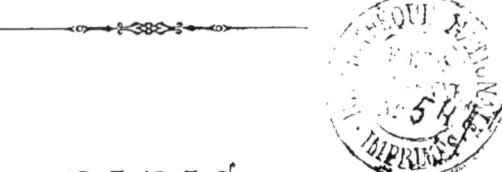

GEORGES CHAMEROT, IMPRIMEUR-ÉDITEUR

19, RUE DES SAINTS-PÈRES, 19

1889

IL A ÉTÉ TIRÉ :

Vingt-cinq exemplaires sur papier du Japon, numérotés à la presse (1 à 25)

Par sauts, par bonds, sous les portiques,
Cheveux épars, sein dénoué,
Menez les danses frénétiques!
. . . .[1]
Tourbillon de l'immense ronde,
Emporte en ton vol effréné
Le palais, la ville et le monde!

1. *Paris*, drame de Paul Meurice.

La nuit, qui sur son char s'élève au firmament,
Amène le repos, suspend le mouvement.

SAINT-LAMBERT.

Et le char vaporeux de la reine des ombres
Monte, et blanchit déjà les bords de l'horizon.

LAMARTINE.

Tout roule dans l'Univers.

Chacun ici-bas roule plus ou moins sa bosse, et la vie se passe à rouler son prochain ou à se laisser rouler par lui.

Les dieux mêmes ne furent-ils pas soumis à ce sort fatal ?

Junon se tient sur un char, dont les ressorts flexibles sont d'or, tiré par des paons qui font la roue.

Neptune, emporté au milieu des vagues, passe triomphant avec ses chevaux marins.

Pluton mène tranquillement ses chevaux noirs; Mercure, ses bœufs impassibles.

Vénus, lascivement étendue sur un char en forme de coquille, dirige ses légères tourterelles.

Apollon, roule dans l'immensité lumineuse, sur le char brillant du Soleil,

> Sur son char de rubis mêlé d'azur et d'or,
> Apollon va lançant des torrents de lumière.
>
> VOLTAIRE.

tandis que l'imprudent Phaéton, son fils, précipité dans sa course, roule au milieu de l'Éridan.

Mais la blonde Diane quitte la Terre et abandonne ses deux génisses qui la traînent, pour succéder à son frère retenu auprès de Thétis. Elle monte, sous le nom de Phœbé, sur le char de la Lune, saisit en mains les rênes et parcourt l'Univers, conduisant ses coursiers noirs et blancs.

Quand Phœbé, sur le char de la Lune,
Apparaît dans les cieux de saphir et d'azur,
Tout se voile et s'efface, et son front seul est pur

THÉODORE DE BANVILLE.

Brillant astre des nuits, vous réparez l'absence
Du dieu qui nous donne le jour.
Votre char, lorsqu'il fait son tour,
Impose à l'Univers un auguste silence,
Et sous les feux du ciel compose votre cour.

FONTENELLE.

Le seigneur Thor, dieu des Scandinaves, est traîné par deux boucs, tandis que :

Du char glacé de l'Ourse aux feux de Sirius...

LEBRUN.

la Terre roule dans l'espace et nous roulons sur elle.

Toutes ces divinités mythologiques qui roulent en aussi fabuleux équipages, ne daignent enseigner aux mortels que l'usage grossier du *rouleau,* pour le transport des objets terrestres.

Néanmoins quelques tribus pélasgiques, mieux avisées, finissent par dérober au Ciel plusieurs de ses secrets, et par adopter un mode de locomotion plus pratique.

Le char typique est celui des Égyptiens, sans siège et très léger, conduit par un seul homme. Le roi Salomon en possède un à deux roues, ayant la forme d'un tombereau; le prophète Élie monte au ciel avec des chevaux de feu sur un char enflammé.

Les Assyriens attellent deux chevaux sur des chars richement ornés; les habitants de Ninive apprennent ensuite aux Grecs à en conduire quatre de front; puis, les Phrygiens inventent le char à quatre roues, et les Scythes se servent du char à six roues.

Une fête solennelle avait lieu un jour, à Argos, en l'honneur de Junon : la prêtresse Cydippe devait s'y rendre en grande pompe;

ses bœufs « blancs comme neige », dit Hérodote, refusaient de marcher malgré les aiguillons des bouviers. Ses fils : Cléobis et Biton, se dévouèrent alors. Ils se mirent résolument sous le joug du char, lui firent franchir huit kilomètres [1] en parcourant la plaine et gravissant le mont Eubée. Arrivés au temple de la déesse, ils y déposèrent leur mère saluée par les acclamations des pieux Argiens.

Le roi Agamemnon ne sort point de Mycènes sans son fidèle cocher Eurymédon, et le bouillant Achille, aux pieds légers, apprend, à ses dépens, à faire trois fois le tour des murs d'Ilion.

O infamie! Tandis que les lois grecques ordonnent d'aller à pied aux femmes de mauvaise vie, Thémistocle traverse un matin Athènes, en *apène* [2], accompagné de plu-

1. 45 stades.
2. Voiture de luxe.

sieurs hétaïres. A cette époque reculée, une jeune mariée ne devait sortir le soir de ses noces qu'en voiture; d'ailleurs, une loi de Solon interdisait à toute femme honnête de faire autrement, encore fallait-il qu'elle se fît éclairer par une torche.

Cependant la pratique d'un culte autorise mille dérogations aux usages. Nous voyons alors des jeunes filles de Lacédémone aller au temple de Therapné, non loin de Sparte, montées sur des *canethra* ou petites voitures en osier.

Enfin, l'an 516 avant notre ère, et un siècle plus tard, en 408, les jeux commencent dans les cirques. Cléosthène, d'Épidamne, ainsi que Évagoras, d'Élée, entrent dans la lice poudreuse avec un char.

Les chars étrusques sont à deux roues en fer ou en bronze.

A Rome, dans les cérémonies publiques, on promène l'effigie des dieux. A défaut de la *fercula*, que les hommes portent sur leurs épaules, on place leur image sur une voiture plate, appelée *thensa*, qui est traînée par des bœufs, des chevaux ou des éléphants, au nombre de quatre attelés de front. Formé de sénateurs en costume officiel et de jeunes *patrimes*, tenant les cordons attachés au char, le cortège sort du Capitole et y rentre après la fête.

Le *cantherium* est principalement consacré à Bacchus, char merveilleux traîné un jour à Alexandrie, sous le règne de Ptolémée Philadelphe, nous dit Callixène de Rhodes, par cent quatre-vingts hommes aux torses vigoureux.

Au dire de Tite-Live, le char (*currus*) est fort en usage sous la monarchie romaine.

Les plus anciens véhicules sont l'*epichedium* ainsi que l'*arcera* destiné aux malades, aux infirmes.

Le *carpentum*[1], réservé aux sacerdotes, paraît ensuite; la caisse est fermée, placée sur deux roues et traînée par plusieurs chevaux ou mules; il y a aussi le *petoritum*, plus lourd et à quatre roues.

Qui le croirait? Le char devient un mode de supplice aux temps héroïques : deux années après le fameux combat des Horaces et des Curiaces, l'an 665 avant notre ère, le dictateur des Albains : Metius Suffetius, est attaché entre deux chars, attelés de quatre chevaux, et écartelé par l'ordre de Tullus Hostilius.

Tarquin l'Ancien et sa femme Tanaquil font leur entrée dans la capitale du Latium.

1. L'*apène* des Grecs.

L'histoire raconte que, comme ils approchaient du mont Janicule, un aigle vint enlever le bonnet de Tarquin, et le replacer sur sa tête, après avoir poussé de grands cris au-dessus du char!... C'est ce roi qui introduit dans les triomphes le char doré et rond, qu'on arrose de sang quelquefois, ou auquel on suspend la tête des vaincus, pour frapper les regards et impressionner la foule.

En l'an 534 de Rome, Tullie, fille de Servius Tullius, fait passer les roues de son char sur le corps de son père, au milieu de la *Voie* baptisée après du nom de *Scélérate*.

Puis Camille, 396 avant l'ère chrétienne, célèbre sa victoire contre les Véïens en parcourant les rues de Rome sur un char attelé de quatre chevaux blancs, la figure enduite d'une couche de vermillon comme un visage de dieu. Mais la loi *Appia* défend bientôt aux femmes de faire usage de la voiture.

Pompée, après la conquête d'Afrique, en l'an 81 avant notre ère, fait son entrée triomphale dans la ville de Romulus sur un char traîné par des éléphants.

Jules César franchit cent cinquante kilomètres par jour, prétend Suétone, dans un *cisium,* sorte de cabriolet à un ou deux chevaux. Plutarque ajoute qu'il mit seulement huit jours en quittant Rome pour atteindre les bords du Rhône. On voit également représentés sur les vases étrusques : le *synoris* et le *birotum,* petits chars à deux places, à deux roues, à deux chevaux.

Constantin défendit de charger la birota de plus de deux cents livres.

Messaline, femme de Claude, est la première à monter au Capitole dans un *carpentum.* Mais triste retour des choses ! On affirme que voulant fuir sur la route d'Ostie, pour rejoindre son mari, elle se jeta dans un chariot servant aux immondices.

Quoi qu'il en soit, si la mode permet aux femmes mariées de faire usage d'un véhicule, elle défend aux jeunes filles romaines, comme pour les Grecques, de paraître en voiture. Elles doivent se montrer en public, la tête recouverte d'un voile, ou traverser la rue en litière fermée.

L'empire romain crée plusieurs genres : la *carruca* ou *carrocha,* grand char en usage dans la campagne, ainsi que le *pilentum,* voiture de ville à quatre roues et à deux places, avec un ciel soutenu par quatre légers montants, réservée aux dames romaines pour se rendre aux jeux ou aux vestales pour aller aux sacrifices publics, car il est interdit aux hommes d'en user.

On compte aussi l'*arcinna,* petit char, le *plaustrum,* plus grand, qui est employé aux travaux des champs ou pour désigner la constellation de ce nom. *Dans ce temps où le Bouvier paresseux tourne autour du Chariot glacé,* dit Juvénal, en parlant du *sarracum,* char grossier mais solide, emprunté aux fameux Scythes, quand ils émigraient, et destiné par les Romains au transport des fardeaux pesants. *On voit,* ajoute-t-il, *briller un long sapin sur le sarracum qui s'approche.*

Mais ayant servi à charger les morts, pendant une peste à Rome, ce chariot est aussitôt délaissé et remplacé par la *rheda* des Gaulois, à deux fins comme le *sarracum :* pour les travaux rustiques ou les longs voyages. Horace se rend par Rubi dans une de ces sortes de calèche, traînée par deux chevaux ou deux mules, pour arriver jusqu'à Bari. Ses bagages placés en bon lieu et lui-même étendu sur des coussins, il atteint Brindisi, se plaignant toutefois des routes très abîmées par les pluies. La *rheda* devient le complément de toute existence opulente. Un train fastueux s'apprécie au chiffre de *rheda* qu'il exhibe. *Toute la maison,* dit Juvénal sur un ton persifleur, *ne consiste qu'en une rheda!*

Le caprice prend son essor. On voit sortir, sous le règne de Pertinax, des voitures d'un mécanisme ingénieux, pouvant mettre les voyageurs à l'abri du soleil, leur procurer un air frais ou leur indiquer la distance parcourue. La *rheda* s'attelle de huit ou dix mules pour les courses, au temps du Bas-Empire.

*
* *

Tandis que les Scythes promènent leurs femmes et leurs enfants dans ces véritables maisons roulantes, à six roues lamées d'étain, Cyrus, roi des Perses, voyage avec dix mille chameaux. Pour mieux rouler ses ennemis, il remplace les anciens chars de guerre par des chariots armés de faux qu'entraînent de vigoureux chevaux médiques.

Enfant, Alcibiade, qui jouait aux osselets lorsqu'un chariot arrivait, se jeta sous ses roues en disant au charretier : « Passe, maintenant, si tu l'oses. » Devenu grand, il se prit d'un bel engouement pour le sport des courses et présenta sept chars dans l'arène d'Olympie.

> .....Pour vertu singulière,
> Il excelle à conduire un char dans la carrière.

Néron, féru des mêmes principes, se fait couronner vainqueur aux jeux Olympiques, en conduisant un char attelé de dix chevaux ferrés d'argent. Il est vrai qu'il tombe au milieu du stade et qu'il roule dans la poussière :

> L'essieu crie et se rompt; l'intrépide Hippolyte
> Voit voler en éclats tout son char fracassé.

Parfois, Héliogabale s'étale nu sur un char, enrichi de pierres précieuses, qu'il fait traîner dans un chemin semé de poudre d'or par des tigres apprivoisés ou des femmes d'une beauté éblouissante, les seins découverts.

La roue reste le châtiment le plus barbare infligé aux condamnés.

* * *

Les courses de chars prennent une vogue croissante à Rome. Les concurrents portent des tuniques de diverses couleurs, comme les casaques de ceux qui montent en courses.

Biges, triges, quadriges [1] roulent en soulevant des nuages de poussière au milieu du cirque Maxime.

Erichthon le premier, par un effort sublime,
Osa plier au joug quatre coursiers fougueux,
Et porté sur un char, s'élancer avec eux.

DELILLE.

1. *Bigæ, trigæ, quadrigæ*... Il y avait aussi les *sejugæ*, à 6 chevaux, et les *septijugæ*, à 7, attelés de front à des chars à deux roues, ouverts à l'arrière et sans siège,

La nuance des bandelettes qui entourent les jambes des chevaux indiquent les *factions* auxquelles ils appartiennent, ainsi que de nos jours on reconnaît une *écurie* à son jockey.

Les Vestales romaines paraissent en public, au Forum, sur des chars d'ivoire. Des dépouilles opimes roulent sur la Voie Sacrée, et le triomphateur domine la foule sur un char doré que traînent quatre chevaux blancs.

> Ah ! souvent au vainqueur le sort cache un cercueil ;
> Dans le char du triomphe, il place leur cercueil.
>
> DU BELLAY.

Les uns préfèrent les chevaux ; d'autres, comme César, choisissent les éléphants ; Antonin recherche les lions ; quelques empereurs adoptent les mulets. Affaire de goût ! Ils n'en roulent pas moins tous une existence

dont l'invention remonte à cet Erichthonius, moitié homme et moitié serpent, qui le fit pour cacher une partie de son corps. A sa mort il forma la constellation du *Cocher*. Un autre roi d'Athènes, nommé Erechtée, introduisit dans l'Attique l'usage du *quadrige*.

fort triomphale, et cette mode se transmet aux peuples, car voilà Octave Auguste qui, après sa campagne contre les Perses, établit les postes publiques dont il reconnaît l'utilité.

Les Bastarnes, mêlés aux Goths envahissant l'Italie, lèguent à ses habitants une espèce de *calèche* garnie de coussins, et dont les portières sont fermées par des pierres transparentes, fort appréciée des femmes romaines.

*
* *

Mais l'histoire ne raconte pas si Labiénus était à cheval ou en char quand il vint dans les Gaules. Elle ne nous dit pas si notre ancêtre Camulogène, qui lui livra bataille sur la place d'Issy et de Vaugirard, succomba dans son *benna,* panier d'osier, qui devint la *sirpea* des Romains et la *plecta* des Grecs...

L'*essedum*[1] breton, comme le *covinus* des Celtes et la *rheda* gauloise qu'utilisèrent nos vainqueurs à leur retour dans Rome, était un char de bataille à deux chevaux, dirigés en temps de guerre par un cocher qui ne s'occupait que de cela, tandis que les *essédaires* lançaient des traits ou combattaient à pied.

Nous ignorons encore si les dames gauloises se faisaient conduire dans de belles *rhedæ*, ou si, allongées dans de majestueux *carpenta*, souvent en argent ciselé et gravé, avec harnais relevés d'or en bosse, elles se rendaient au temple de Teutatès, bâti sur le mont de Mercure, de Mars, des Martyrs (Montmartre), et dans le bois de Vincennes consacré dès l'antiquité aux dieux sylvains,

1. Dans la langue gaël, *ess* signifie voiture. Les Phéniciens, qui vinrent faire commerce sur les côtes d'Angleterre, emportèrent le mot chez eux et, en le transformant, firent *hassedar*, *hassedan*, qui, même en hébreu, veut dire : voiture, et dont les Grecs ont fait *essedon*.

ou si, couchées sur de moelleux *pilenta,* les Druidesses se dirigeaient, par une chaude journée d'été, le long de la *Sequana,* vers le mont Valérien, à l'heure où ses coteaux s'empourprent des reflets du soleil couchant.

Quoi qu'il en soit, nos pères semblent s'être fait voiturer dans ces *basternes,* si chères aux Romains, espèces de grandes chaises à porteurs, ayant place pour deux personnes et supportées par des bœufs somnolents ou des chevaux allant l'amble.

*
* *

Les Francs élèvent des chevaux dans leurs vastes haras du domaine royal de Clichy. Ils boivent peut-être déjà de ce vin *guinguet,* ayant laissé le nom de *guinguettes* aux établissements qui le débitaient, en vulgarisant le dicton populaire :

C'est du vin de Montmartre
Qui en boit une pinte en p.... quatre.

Cependant, plus tard, les rois fainéants de la dynastie mérovingienne traversent les quartiers bourbeux du Marais dans de lourds attelages de bœufs, et Boileau dit au *Lutrin* :

> Quatre bœufs attelés, d'un pas tranquille et lent,
> Promenoient dans Paris le monarque indolent.

Pour parcourir les campagnes au VIe siècle et se montrer à son peuple, Chilpéric Ier se fait traîner dans un carpentum romain, attelé de plusieurs bœufs et mené par un bouvier de village [1].

Mais les béliers, les catapultes, les tours roulantes des Normands s'avancent sous Paris, le 28 mars 845.

Les chariots ne sont encore employés que pour le transport des choses.

Les rois de la race carlovingienne, les

1. Dit Eginhard, dans sa *Biographie de Charlemagne*.

premiers rois capétiens, les grands seigneurs du moyen âge chevauchent donc sur des palefrois, richement caparaçonnés, tandis que leurs dames se tiennent sur des haquenées brillamment ornées. On mépriserait fort d'ailleurs quiconque se ferait paresseusement traîner. L'état des rues de Paris, au nombre de 400 environ, est tel, sous Philippe-Auguste, que ce monarque ordonne le pavage des deux rues principales de la Cité, qu'on appelait la *croisée de Paris*. Des voitures traînées par des chevaux, racontent les anciennes chroniques, remuent une boue épaisse qui exhale des odeurs nauséabondes. « Or un jour, rapporte Rigord, le bon roi Philippe, toujours Auguste, se mist à une des fenestres, de laquelle il s'appuyoit aucunes fois pour regarder la Seine couler, et advint que charrette vint à mouvoir si bien la boue et l'ordure... que le roi sentit cette puanteur si corrompue et s'en tourna de cette fenestre en grande abomination de cœur.

Lors fist demander li prevost et borgeois de Paris, et li commanda que toutes les rues fussent pavées bien et soigneusement de grès gros et forts. » A sa rentrée dans la cité, après la bataille de Bouvines, le roi s'avance au son des fanfares guerrières, le front ceint d'une couronne, monté sur son lourd destrier, au milieu d'une brillante escorte de chevaliers. A sa suite vient son prisonnier, le comte de Flandre, enchaîné sur un mauvais chariot où la foule, qui forme la haie sur son passage, l'abreuve de quolibets et lui crie, nous rapportent les vieux historiens :

— Ferrand, te voilà ferré maintenant!

Et le malheureux Ferrand, pieds et poings ferrés, est enfermé dans la grosse tour du Louvre, construite en 1204.

*
* *

Vers 1292, nous apprend-on [1], la mule,

1. *Histoire de Paris et de ses Monuments,* par EUGÈNE DE LA GOURNERIE.

le cheval et la litière servaient aux Parisiens, tandis que la mule était la monture ordinaire des gens paisibles : abbés, évêques, magistrats. C'est toujours sur une mule que les légats font leur entrée à Paris. Les dames emploient la litière découverte ou la chaise à porteurs. Jusqu'à la fin du XIIIe siècle, les Parisiens n'ont pas d'autre moyen de locomotion. Toutefois on aperçoit quelques femmes cheminant en croupe derrière leur mari, voire même derrière leur valet. Mais, dès le début du XIVe siècle, les chars prennent de la vogue, et la loi somptuaire de Philippe le Bel en recule l'usage.

Les dames se rendent alors aux tournois sur des *palefrois,* que tiennent par la bride deux *palefreniers,* ou montées en croupe derrière leur écuyer, comme il est coutume.

Cependant, vers la fin du XIVe siècle, les véhicules commencent à se montrer.

En 1377, Charles V envoie, à quelque distance de Paris, un de ses chars richement décoré, attelé de quatre belles mules blanches, pour recevoir Charles IV atteint de la goutte.

La reine Isabeau de Bavière, femme de Charles VI, monte, au mois d'octobre 1405, dans la première voiture suspendue par des *souppants en cuir de Hongrie,* puis elle se rend aussi à Notre-Dame dans ce *chariot branlant* recouvert d'un drap d'or.

Les rois, les princes enfourchent des chevaux, les grandes dames vont sur les haquenées, les hauts fonctionnaires se hissent sur des mules et les bourgeoises sautent sur des ânesses. Et pour éclairer les rues de Paris, le prévôt des Essarts recommande aux habitants, fort inutilement d'ailleurs, le 11 septembre 1408, d'accrocher des lanternes à leur maison.

L'usage de monter en croupe ne perd pas ses droits; on conduit même ainsi des prisonniers comme le connétable d'Armagnac, l'an 1418, juché derrière le prévôt de Paris.

*
* *

En 1420, le roi d'Angleterre Henri V, vainqueur d'Azincourt, mort au château de Vincennes à trente-six ans, est placé sur un char funèbre traîné par des chevaux aux colliers armoriés, dont les uns portent les trois couronnes du roi Arthur que *nul en son temps ne peut vaincre,* suivi par les princes de la lignée royale « plorants » et se lamentant.

Les premières postes, organisées par Auguste, et que notre moyen âge a supprimées, renaissent sous Louis XI, en 1464, et prennent plus de développement pendant le règne des Valois.

On continue au XVIe siècle à envoyer les gens à la mort montés sur des rossinantes. On cite, notamment en 1524, M. Saint-Vallier qui est conduit en place de Grève pour y voir sa tête roulée sous le billot, à cheval sur une mule avec un huissier en croupe derrière lui.

Il ne se trouve à la cour de François Ier qu'un carrosse venu d'Italie pour Catherine de Médicis. Cependant, vers la fin de ce règne, Jean de Laval Bois-Dauphin est le premier gentilhomme qui ait un carrosse, et les *muguets* du roi brûlent de pouvoir dire, comme le fait Regnard :

> .....J'ai, si je veux, de quoi
> Faire aller un carrosse et rouler à mon aise.

Les messageries publiques prennent à cette époque beaucoup d'extension.

La cour s'enrichit d'un deuxième carrosse pour Diane de Poitiers. On ne compte donc que trois carrosses dans ce Paris qui renferme, vers 1558, une population de 300 000 âmes, possède 912 rues, et 2 736 luminaires au goudron pour l'éclairer. Mais le 14 novembre de la même année les falots sont remplacés par des lanternes *ardentes et allumantes*. Cependant l'éclairage des rues de Paris semble encore insuffisant lorsqu'un abbé, du nom de Laudati, imagine de créer des dépôts de lanternes et de flambeaux, dans des boutiques où l'on va pour les louer, à l'heure, à la nuit.

Un maître du Parlement[1] insère cette clause bizarre dans un bail fait avec un de ses fermiers, qu'aux « quatre bonnes fêtes de l'année et aux vendanges on lui amènerait une charrette couverte et de la paille fraîche dedans, pour y asseoir sa femme et sa fille, et, de plus, un ânon et une ânesse, pour sa chambrière, lui se contentant d'aller devant sa mule. accompagné de son clerc à pied ».

En 1562, le roi Charles IX quitte le Louvre, ainsi que la reine sa mère, et se rend à pied avec elle jusqu'à la Croix-du-Trahoir, dans la

1. Gilles Le Maître, sous Henri II.

rue Saint-Honoré, pour se porter à la rencontre de M. de Vieilleville, promu au maréchalat par Catherine de Médicis. Ce vénérable personnage revient d'Allemagne, où il a négocié le mariage du roi avec la nièce de l'Empereur, et il fait une entrée solennelle dans Paris, qu'il éblouit par le luxe de ses équipages. Cent cavaliers précèdent son cortège, composé de quatorze *coches*[1], dont le dernier qu'il occupe, superbe présent de Ferdinand IV, excite l'admiration des Parisiens.

Cette voiture de gala est en effet magnifique, doublée en velours cramoisi, et tirée par quatre cavales de Turquie, entièrement blanches, la crinière et la queue teintes en rouge, à la façon orientale. Un postillon et un cocher hongrois, tous deux en costume

1. Quand les voitures furent suspendues, elles prirent le nom de *coches*, succédant ainsi à celui de *carrosses*, et venant de l'allemand *kutsche*, en anglais *coach*, en italien *cocchio*.

national, aux couleurs de leur maître : jaune et noir, mènent le pompeux équipage.

Mais le faste est porté si loin l'année suivante, que Charles IX est obligé d'interdire les *coches* dans lesquels se prélassent ses *mignons*.

Le jour de la mort du roi, en 1574, Catherine de Médicis quitte Vincennes pour venir à Paris, emmenant dans son *coche* son fils : le duc d'Alençon, et le roi de Navarre.

Le carrosse de Charles IX, haut et long de quatre pieds environ, large de moitié moins, est ainsi décrit dans les comptes de dépenses du roi : c'est un *chariot* noir et étroit, doublé à l'intérieur de velours verts à clous dorés, et à l'extérieur de peau de *vache grasse*. Il est couvert d'une *voûte faite d'assemblage* et munie de deux coffres servant de sièges, d'une petite chaise pour le cocher et d'une petite échelle *pour servir à monter dedans ledit chariot*.

Les villes lombardes adoptèrent le *carroccio* et les tribus sarrasines les *karrasche*.

Sous le règne de Henri III, un magistrat, le seigneur Christophe de Thou, possède un quatrième carrosse... Mais dans le cours de cette même année 1574, Marguerite de Valois se sert de sa *coche*, et Mme de Chastelas va en chariot ou carrosse.

En novembre 1575, le roi se rend en *coche*, avec sa femme, pour rechercher des petits chiens damerets; dans l'année suivante, ils sortent fréquemment de Paris pour se promener en *coche* à travers la campagne. *Coche*, *coche*... Tout cela sonne et retentit aux oreilles comme des grelots!

Le 9 novembre 1578, le corps de Marie-Isabelle, fille de Charles IX, est conduit en *coche*, de Paris à Saint-Denis. C'est moins gai.

Le 13 avril 1579, le maréchal de Montmorency, frappé d'apoplexie, est mené en *coche* depuis le Louvre jusqu'à Écouen[1]. C'est plus triste.

Le 10 septembre 1580, le roi Henri se transporte au château de Madrid, bâti[2] à la lisière du bois de Boulogne, et il en revient avec un grand mal d'oreilles, disent les chroniques du temps, qui s'empressent de nous révéler qu'en 1581 M. Cheverny, chancelier de France, avait un *coche*.

Dans le cortège du roi Henri III qui, le 24 juin 1584, va du Louvre à l'église de Saint-Magloire (faubourg Saint-Jacques) pour jeter de l'eau bénite sur le corps de son frère : le duc d'Alençon, se trouve la reine « séant[3] seule en un *carroche*[4] couvert de tanné, et elle aussi vestue de tanné, après laquelle suivoient *huict coches* plains de

1. *Journal de Henri III,* par Pierre de l'Estoile.
2. En 1529, par François Ier.
3. *Journal de Henri III,* par Pierre de l'Estoile.
4. Le mot français *carrosse* ou *carroche* vient du latin *carruca* ou *carrocha,* dont les Anglais ont fait *carriage,* les Italiens *carrozza* et les Espagnols *carroça.*

dames vestues en noir à leur ordinaire ».

Lorsque Henri III occupait le château de Vincennes, il avait coutume de venir à Paris dans un carrosse, aussi les Ligueurs formèrent-ils un premier complot, en 1585, d'enlever le roi sur la route.

Le jeudi 5 mai 1588, le roi Henri III ayant passé une semaine de retraite à Vincennes, chez les Hiéronymites, monte en *carrosse* pour regagner la capitale. On vient alors l'avertir que la duchesse de Montpensier a dressé une embuscade dans le faubourg Saint-Antoine pour l'arrêter au passage. Une troupe de gentilshommes et de cavaliers l'escorte et fait avorter le projet. Mais après le meurtre du roi par Jacques Clément, la sœur du duc de Guise monte en *voiture* et parcourt ainsi tout Paris en distribuant des poignées de mains pour témoigner la satisfaction qu'elle en éprouve.

Quoique Henri IV ne possède qu'un carrosse, car il écrit un jour : « Je ne sçaurois vous aller voir aujourd'hui parce que ma femme se sert de ma coche », le nombre des voitures augmente sous son règne. L'usage de ces chariots, qui gagnent comme forme et comme élégance, devient même assez fréquent, car les femmes de la bourgeoisie commencent à s'en servir.

En 1599, le futur maréchal de Bassompierre rapporte d'un de ses voyages un carrosse fermé de glaces; mais cette mode dispendieuse, qui n'est pas à la portée de toutes les bourses, ne trouve guère d'imitateurs. Cependant, M. de Joyeuse adopte ce genre de carrosse, avec stores à glace.

Sully n'a un carrosse que quand il est grand maître de l'artillerie, le 13 février 1605. Le marquis de Cœuvres et le marquis de Rambouillet sont les premiers jeunes gens à en avoir. Mais ils se cachent quand ils rencontrent le roi, et Bassompierre ajoute que « quand il pleuvoit, ils alloient chercher les dames de leurs amies pour faire des visites avec elles ».

Le 9 juin 1606, un accident amené par les chevaux du carrosse de Henri IV faillit coûter la vie au roi et à la reine[1]. « Ayant avec eux, en voiture, le duc de Vendôme, ils manquèrent de se noyer dans la Seine, au bas de Neuilly, en revenant de Saint-Germain. Ils traversèrent la rivière en bac, continue l'auteur, car il n'y avait point encore de pont en ce lieu. Ils ne voulurent pas descendre de voiture à cause de la pluie. Mais en entrant dans le bac, les deux derniers chevaux tombèrent dans l'eau et entraînèrent le carrosse. Le roi et la Châtaigneraye sauvèrent la reine et le duc de Vendôme. A cette occasion, le roi, laissant cours à son humeur joviale, dit plaisamment qu'ils

1. *Histoire des Chars*... par RAMÉE.

avaient mangé trop salé à dîner et qu'on les avait voulu faire boire après... Plus tard, quand on eut raconté cet épisode à la marquise de Verneuil, celle-ci ajouta que si elle s'était trouvée là, en voyant Sa Majesté hors de danger, elle aurait crié : La reine boit!

L'usage des carrosses continue à se propager vers la fin du règne de Henri IV, et, au mois d'août 1609, un capitaine nommé La Fleur propose de faire enlever les boues et nettoyer les rues de Paris.

> En carrosse doré vous iriez par les rues!
>
> MOLIÈRE.

Pendant une grande partie de ce règne, les voies s'améliorent. Mais le mode de transport reste aussi primitif. Les vrais carrosses ne sont point encore suspendus, les essieux sont fixes et l'avant-train ne tourne pas, ils ont un ciel supporté par des montants sculptés, autour duquel courent des rideaux en peau ou en étoffe qu'on peut relever ou dérouler.

Deux beaux carrosses paraissent aux solennités qui ont lieu à l'occasion de l'entrée de don Pierre de Tolède, ambassadeur d'Espagne, auprès de la cour française.

On élargit la rue Saint-Honoré, du côté de celle de la Ferronnerie. La chaussée est toutefois tellement resserrée encore, écrit Louft[1], que si deux voitures se croisent, l'une d'elles est obligée de s'arrêter, afin de laisser aux piétons le moyen de s'abriter. C'est ce que fit le carrosse du roi, se rendant à l'Arsenal pour rendre visite au duc de Sully. Le 14 mai 1610, poursuit l'auteur, il rencontre un chariot de foin derrière le cimetière des Saints-Innocents. En voyant cet embarras, les valets de pied prennent le parti d'entrer

1. *Paris historique, anecdotique et pittoresque,* par Charles Louft.

sous les galeries des charniers et la voiture royale reste privée de son escorte. A ce moment, François Ravaillac, qui suivait l'équipage depuis sa sortie du Louvre, se glisse le long des boutiques jusqu'à la portière, saute sur les raies d'une roue, et, tirant un couteau de dessous sa cape, en frappe trois fois Henri IV qui s'écrie : « Je suis blessé! » et expire à l'instant. L'assassin est immédiatement conduit dans un carrosse fermé, de l'hôtel de l'Éperon aux prisons de la Conciergerie « contre lequel le peuple, dit de l'Estoile, aiiant oui le bruict qu'il estoit dedans, jecta quelques pierres ».

*
* *

Il y a cependant peu de voitures à Paris, jusqu'au règne de Louis XIII, car les rues de la capitale, toujours en fort mauvais état, rendent la circulation difficile. Aussi la Seine est-elle une voie de commu-

Paris qui Roule, par GEORGE BASTARD.

MORT DU ROI HENRI IV

nication plus fréquentée. Mais ses crues subites rendent parfois ses bords peu accessibles. Quoi qu'il en soit, la rivière est si grosse, le jeudi 16 mars 1615, que l'inondation arrive jusqu'au parc des Tuileries, placé au niveau de la berge, rapporte Hérouard, dans son journal, et que le jeune roi Louis XIII y fait venir un bateau, monte dedans, puis va se mettre dans un petit carrosse tiré par *quatre boucs*...

Dans les rues moins étroites de Saint-Honoré, Saint-Antoine, Saint-Denis, Tournon, Dauphine, on rencontre de grands seigneurs qui reviennent d'un festin, dont chaque plat a coûté 45 écus, et portent de larges montres-horloges suspendues au cou, des habits payés 14 000 écus et des mouchoirs brodés valant 1 900 écus. Arnaut-le-Peteux est le premier garçon de la ville qui ait un carrosse, car les hommes mariés en avaient déjà. Louis XIII ne trouve pas bon que Fontenay-Mareuil en possède un, et on lui répond, nous disent les vieux chroniqueurs « qu'il s'alloit marier ».

Le 8 juillet 1610, rapporte de l'Estoile, « la reine Marguerite, fille de Henri II, donna collation magnifique et somptueuse à la reine-régente : Marie de Médicis, en sa belle maison d'Issy, au sortir de laquelle Sa Majesté monta sur un genet d'Espagne, qu'elle galopa bravement jusques à l'entrée du faubourg Saint-Germain, où elle rentra et se remist dans son carrosse entouré de force garde. » Et le mois suivant, M. de Verdun, premier président en la cour du parlement de Tolose, arrive à Paris escorté par des amis qui ont pris place dans dix ou onze carrosses.

Nos *corbillards* présentent l'aspect assez peu réjouissant des voitures du règne de Henri III, Henri IV et Louis XIII.

Dans le carrousel donné sur la place

Royale, en 1612, par la régente Marie de Médicis, figurent une foule de chariots allégoriques, entre autres le char du Parnasse.

Et le soir, Paris se transforme. Aux flambeaux à chandelle qui enfument, aux falots alimentés d'une résine qui empeste, succèdent de grosses lanternes. La plupart des principaux quartiers de la ville sont pavés et mieux entretenus.

Le duc de Guise, fils du Balafré, se promène en carrosse, et M. de Chevreuse en commande quinze pour choisir le meilleur, le moins lourd, le plus doux.

Par lettres patentes en date du 4 août 1617, nous voyons Louis XIII donner l'autorisation d'établir à Paris un service de chaises à bras, pour *faire porter de rues à autres ceux et celles qui désireraient s'y faire porter*.

Nous lisons dans Sauval[1] ce curieux récit : « J'ai appris de la vieille Mme Pilou, raconte-t-il, que la première personne qui ait eu un carrosse était une femme de sa connaissance et sa voisine, fille d'un riche apothicaire de la rue Saint-Antoine, nommée Favereau. De dire comment était fait son carrosse, c'est ce que la même dame ne m'a pas dit; elle se souvenait seulement qu'il était suspendu avec des cordes ou des courroies, qu'on y montait avec une échelle de fer et qu'enfin il ne ressemblait presque point à ceux d'à présent; que tant qu'il parut nouveau, les enfants et le petit peuple couraient après, et souvent avec des huées. Pour aller par la ville, elle y faisait atteler deux chevaux, et quatre lorsqu'elle allait à la campagne; et même il n'y en avait pas davantage au carrosse de Henri le Grand quand il alla à Saint-Germain avec la reine, et que

1. 1620-1670.

ses chevaux, faute d'avoir été abreuvés, l'entraînèrent dans l'eau à Neuilly, ce qui l'obligea, ensuite d'un tel accident, quand il sortait de la ville, d'en faire mettre six, avec un postillon sur un des premiers, afin de les retenir en pareille ou semblable rencontre. En quoi, aussitôt, il fut imité par les grands seigneurs. »

L'histoire nous a légué le souvenir de cette conversation, de portière à portière, tenue entre le baron de Bassompierre et Mlle d'Entragues, à qui il avait fait espérer le mariage...

Un jour qu'il se promenait en carrosse avec la reine Anne d'Autriche, il arriva que la sœur de la marquise de Verneuil s'arrêta près d'eux en voiture, à cause d'un encombrement. La reine, regardant le maréchal, lui dit :

— Voilà madame de Bassompierre.

— Ce n'est que son nom de guerre, répondit-il assez haut pour être entendu de son ancienne maîtresse.

— Vous êtes le plus sot des hommes, s'écria-t-elle dans son indignation.

— Que diriez-vous donc, reprit Bassompierre, si je vous avais épousée !

Vers cette époque, les voitures entrent dans le domaine privé; les *coches publics*, loués à l'heure ou à la journée, sont organisés, en 1637, par le sieur Sauvage, dans la rue Saint-Martin, vis-à-vis de la rue Montmorency, à l'enseigne du Grand Saint-Fiacre.

Double bienfait, nous dit un historien, parce qu'ils garantissaient à la fois des immondices et des filous, car l'habitude de porter sa bourse pendue à sa ceinture avait fait naître l'industrie des *coupeurs de bourse* ou des *vide-goussets*, fort peu traqués depuis l'organisation du guet des métiers par saint Louis.

Au milieu des rues sinueuses et étroites, car on n'y circule pas encore communément à six chevaux, rues bruissantes du roulement des carrosses de Saint-Fiacre, s'élèvent les cris des porteurs de chaises. Ces voitures prennent le nom de l'image du saint qu'elles conservent de nos jours.

Le vendredi 15 mai 1643, la population de Paris[1] précédée de ses prévôts et échevins, de ses compagnies d'archers revêtus de hoquetons, et de ses sergents de ville portant encore la robe mi-partie, comme au temps de Charles VI, encombre les avenues de la Croix-du-Roule.

Vers trois heures, le régiment des gardes françaises, les mousquetaires, les cent-suisses, paraissent de leur côté venant de Saint-Germain-en-Laye et escortant le carrosse royal tendu de deuil, dans lequel, au lieu de

1. *Histoire de Paris et de ses monuments,* par EUGÈNE DE LA GOURNERIE.

là longue et maigre figure de Louis XIII, on n'apercevait que les traits altérés d'Anne d'Autriche et la tête de son fils, Louis XIV.

Dès 1647, il y a des carrosses ou coches de voyage pour quarante-trois villes de France, contenant chacun huit personnes, attelés de six chevaux, conduits par deux cochers montés en postillon.

Mlle de Montpensier, ayant rencontré, pendant une nuit de la Fronde, le funèbre véhicule qui transportait les cadavres au charnier de Clamart, tout nus et sans le moindre linceul, raconte ainsi l'aventure :

« Il m'arriva sur le Petit-Pont (qui joignait la Cité au Quartier Latin), un accident qui m'aurait bien effrayée une autre fois que j'aurais eu moins d'affaires dans la tête : mon carrosse s'accrocha à la charrette que l'on mène toutes les nuits, pleine de morts de l'Hôtel-Dieu. Je ne fis que *changer de por-*

tière, de crainte que quelques pieds ou mains qui sortaient ne me *donnassent par le nez.* »

En quittant furtivement Paris, dans la nuit du 6 janvier 1649, Louis XIV monte en carrosse, ainsi que toute sa famille et sa maison, pour retourner à Saint-Germain.

Madame de la Trémouille s'étale dans un beau carrosse de velours rouge avec des passements d'or, une belle housse dessus, bien des armoiries, bien des pages, bien des laquais vestus de jaune passementé de noir et de blanc, nous dit Tallemant des Réaux, et elle se rend ainsi, traînée par six beaux chevaux gris pommelez, aux sermons du Père André qui, parlant de l'enfant prodigue et sachant qu'elle était là, ajoute l'auteur, se mit à lui faire un train tout semblable à celuy de la Duchesse.

Le 2 juillet 1652, défilent au milieu de la rue Saint-Antoine les canons, les chariots de bagages, les voitures de blessés de l'armée du prince de Condé. Mais une bien bonne... comme on dit de nos jours, arrive en 1656 à Bertet, secrétaire du roi, qui, ayant tenu quelques propos contre M. de Caudale, est arrêté dans la rue Saint-Thomas. Des amis de ce dernier montent dans son carrosse, lui coupent les cheveux d'un côté, une de ses moustaches, et déchirent les *canons* (!) de sa culotte devant la foule stupéfaite.

Depuis deux ans déjà, l'exemple du sieur Sauvage est suivi par M. Charles Villerme, qui se fait entrepreneur de voitures publiques, puis en mai 1657, par M. de Givry qui obtient... la rédaction de ces documents est toujours amusante : « la faculté de faire établir dans les carrefours, lieux publics et commodes de la ville et faubourgs de Paris, tel nombre de carrosses, calèches et chariots, attelés de deux chevaux chacun, qu'il jugerait à propos, pour y être exposés depuis les 7 heures du matin jusqu'à 7 heures du soir, et être loués à ceux qui en auraient besoin, soit par heure, demi-heure, journée ou autrement, à la volonté de ceux qui voudraient s'en servir pour être menés d'un lieu à un autre, où leurs affaires les appelleraient, tant dans la ville et faubourgs de Paris qu'à quatre et cinq lieues aux environs; soit pour les promenades des particuliers, soit pour aller à leur maison de campagne. Nicolas Damesme fit alors la piètre description de ces voitures :

> C'était pour avoir des carrosses,
> Où l'on attelle chevaux rosses,
> Dont les cuirs, tout rapetassés,
> Vilains, crasseux et mal passés,
> Représentoient le simulacre
> De l'ancienne voiture à Fiacre,
> Qui fut le premier du métier,
> Qui louait carrosse au quartier
> De monsieur Saint-Thomas du Louvre.

La vie se passe à tellement rouler, que des gens épient l'instant où vous descendez de voiture pour vous assassiner; tel, par exemple, le comte de Chalais qui, en 1626, tua le comte de Pontgibaut dans la rue Notre-Dame-des-Petits-Champs. Les accidents de voiture se multiplient aussi ; on cite l'historien Henri Duchesne qui fut écrasé par une charrette, en sortant de Paris pour aller à Verrières, le 30 mars 1640.

Plus d'un seigneur se voit donc obligé de mettre l'épée à la main en sautant de voiture.

Le maréchal d'Estrées, qui n'était encore que le marquis de Cœuvres, manqua d'être assassiné dans ces circonstances par le chevalier de Guise, posté à la Croix-du-Tiroir ou du Trahoir (à la sortie de la rue du Coq).

Puis le nombre des voitures augmente pendant le règne de Louis XIV. Il y en a 310 vers 1658. L'élan est d'ailleurs donné et les encombrements de Paris n'échappent point à la satire de Boileau :

Là, sur une charrette une poutre branlante
Vient menaçant de loin la foule qu'elle augmente ;

Six chevaux attelés à ce fardeau pesant
Ont peine à l'émouvoir sur le pavé glissant.
D'un carrosse en tournant il accroche une roue,
Et du choc le renverse en un grand tas de boue :
Quand un autre à l'instant s'efforçant de passer
Dans le même embarras se vient embarrasser.
Vingt carrosses bientôt arrivant à la file
Y sont en moins de rien suivis de plus de mille ;
. . . .

Le 26 août 1660, Louis XIV apparaît, avec l'infante Marie-Thérèse, dans un merveilleux équipage. Son coche de ville est un riche carrosse à glace, à caisse ouverte vers le haut.

Mais le nombre des véhicules est reconnu insuffisant au mouvement croissant de la population du XVIIe siècle, qui s'élève à 500 000 habitants. L'auteur des *Provinciales*, le célèbre Blaise Pascal, imagine des voitures de louage pouvant faire un service régulier entre la Bastille et le Luxembourg, et c'est, dit-on, Artus Gouffier, duc de Roannez, son ami, qui fournit les fonds de cette entreprise, autorisée par Colbert.

D'ailleurs des lettres patentes lui sont conférées ainsi qu'à ses associés : Jean de Bouschet, marquis de Sourches, et Pierre de Perrin, marquis de Crénan. Le poète Jean Loret chante en vers cette heureuse innovation dans la *Muse historique :*

L'établissement des carrosses,
Tirés par des chevaux non rosses
(Mais qui pourraient à l'avenir
Par le travail le devenir),
A commencé d'aujourd'hui même.
Commodité sans doute extrême,
Et que les bourgeois de Paris,
Considérant le peu de prix
Qu'on donne pour chaque voyage,
Prétendent bien mettre en usage.
. . . .

On crée donc, le 18 mars 1662, sept *carrosses à cinq sols,* portant des fleurs de lis comme numéros d'ordre et, afin de protéger cet essai, une garde du grand prévôt monte dans chaque voiture, tandis que des cavaliers font le guet sur tout le parcours.

« Ce jour-là même, 18 mars, dit Sauval, les laquais et des gens de la populace non seulement se mirent à les suivre avec grandes huées et grands coups de pierres, mais aussi des commissaires postés en divers endroits s'étant saisis de quelques-uns, firent cesser le désordre. »

Il y a plusieurs lignes déterminées[1] par le roy comprenant sept voitures; chaque voiture, d'abord de six places et ensuite de huit, est menée par un cocher vêtu d'une casaque bleue, avec des galons de différentes nuances, suivant la route qu'il dessert.

L'entreprise dut sa réussite à une circonstance heureuse. Un jour que le mo-

1. 1er trajet, 18 mars 1662, sept carrosses de la porte Saint-Antoine au Luxembourg;

2e trajet, 11 avril 1662, sept carrosses de la porte Saint-Antoine à Saint-Roch.

3e trajet, 22 mai 1662, sept carrosses de la rue Montmartre (coin de la rue Neuve-Saint-Eustache) au Luxembourg.

4e trajet, 24 juin 1662, six carrosses de la rue Neuve-Saint-Paul et autant rue Taranne pour desservir divers points.

5e trajet, 5 juillet 1662, six carrosses de la rue de Poitou au Luxembourg.

narque se trouvait à Saint-Germain et qu'il se sentait en belle humeur, ce qui ne lui arrivait pas toujours, il fit monter Mme de Montespan dans un de ces carrosses de louage, puis, grimpant sur le siège du cocher, il saisit de ses mains royales les guides de cuir, et exécuta avec assez d'habileté le trajet du vieux château au palais de la reine-mère. Il n'en fallut pas davantage pour que la cour et la ville raffolassent de ces carrosses, dont on ne put plus se passer; on ne se servit plus que de voitures publiques, et le duc d'Enghien, pour mieux faire sa cour, imagina de suivre l'exemple du roi et de traverser tout Paris en faisant l'office de cocher; malheureusement l'équipage, qu'il menait à grande vitesse, fut heurté par un camion chargé de pierres, et le prince alla rouler de son siège dans le ruisseau[1].

1. *Dictionnaire de Larousse.*

En 1664, les *carrosses à calèches,* de M. de Givry, traînés par un cheval et contenant quatre places, qui se payaient dix sols chacun, disparaissent complètement. Ils sont rétablis, en 1666, par les voitures de louage des frères Francini, dont on réglemente définitivement les prix, fixés à vingt sous, pour la première heure, et à quinze pour la seconde.

L'année suivante, Colbert désigne M. Lareynie, lieutenant du palais, pour s'occuper du nettoyage général des rues de Paris.

En 1669, dit Ramée, paraît à Paris le premier règlement sur les voitures de place... défendant à tout cocher, sous peine de cent livres d'amende, de donner à manger à ses chevaux dans les rues... ; recommandant aux cochers de ne point entraver la circulation, en stationnant, sous peine de deux cents livres d'amende.

Vers 1677, l'ancien coche baptisé du sombre nom de *corbillard,* qui rappelle assez exactement d'ailleurs nos voitures de pompes funèbres, fait place à de nouveaux carrosses plus élégants et plus gracieux, suspendus avec de grosses courroies. Mais l'histoire ne nous dit pas si Boileau et Racine, nommés historiographes des campagnes du roi, suivirent dans ces derniers les armées en Flandre et en Alsace... Quoi qu'il en soit, les carrosses à cinq sols tombent en désuétude sans laisser de trace, restant de nombreuses années avant de reparaître.

Deux ans plus tard, en 1679, les premières *chaises de poste* sont inventées par un certain de la Gruyère. Le privilège exclusif en est accordé au marquis de Crénan, qui les introduit sous le nom de chaises de Crenan. Mais elles sont trouvées trop pesantes et remplacées par d'autres voitures appelées : *Soufflets.*

Paris qui Roule, par GEORGE BASTARD.

CARROSSES LOUIS XIV ET LOUIS XV.

A cette époque, dit un chroniqueur du temps qui nous rapporte les mille bruits de la rue, on entend : des claquements de fouet sur de maigres coursiers, des retentissements lugubres de cloches... clameurs de marchands, psalmodies de mendiants et d'aveugles qui errent parmi les chevaux et les carrosses, *comme s'ils avaient des yeux aux pieds*... malgré la puanteur de plusieurs rues, espèces de cloaques qui *pourraient porter le navire de Ptolémée.*

Les incommodes voitures du XVIe siècle, dit Ramée, se métamorphosent en carrosses splendides, avec les faces latérales ajourées de glaces, des parties pleines sur les autres côtés, au lieu de mantelets en cuir et de rideaux de soie aux portières.

Les carrosses de gala, pendant la seconde moitié du XVIIe siècle, se montrent enrichis de sculptures, historiés d'arabesques et souvent dorés. Le plus beau spécimen de l'époque est celui de l'ancien gouverneur du Roussillon : le maréchal de Mailly, figurant au musée de Cluny. Le carrosse du sacre de Louis XV est magnifique; il roule dans la large voie qu'on vient d'ouvrir sous le nom de la Chaussée d'Antin; celui de Catherine de Médicis ne lui cède en rien comme beauté.

Les carrosses des gens de cour sont traînés par six chevaux; ceux des bourgeois opulents en ont quatre. Les élégantes, habillées d'étoffes précieuses, les pieds allongés sur un tapis moelleux et le dos appuyé contre des coussins épais, vont faire assaut de toilette au Cours-la-Reine, qui est la promenade décrétée à la mode, ou voir jouer le soir la comédie de Jean de La Chapelle, qui, voulant lui aussi être dans le mouvement, fait représenter en 1680 le *Carrosse d'Orléans*.

Paris qui Roule, par George Bastard.

LES CARROSSES DE LA FIN DU RÈGNE DE LOUIS XV

On évalue à 5 ou 6 000 le nombre des voitures en ce siècle, et les *roués* du duc d'Orléans, vers 1686, nous rappellent la fastueuse époque de Louis XIV : raffinés petits-maîtres, à larges perruques qui se rétrécissent en nattes, en queues, en marteaux, surmontées d'un petit chapeau en forme de claque, précédant la venue des *beaux* du règne de Louis XVI, période pendant laquelle le chiffre des voitures s'élève à 8 000, qui circulent dans les rues nouvellement créées : de Provence, Neuve-des-Mathurins, Caumartin, Joubert, Rivoli, Castiglione et la Paix.

Le centre de la vie parisienne est les boulevards, où l'on voit flâner les *physionomistes* qui, ayant quitté l'épée, lorgnent les femmes portant la canne comme au XIe siècle, se coiffent en limaçons, avec des petits tricornes blancs à la Boston ou à la Colin-Maillard, pommadés et frisés, tels que sous le règne de Louis XV. On remarque, sur la place du Palais-Royal, une station de fiacres, de brouettes et de chaises à porteurs, établies par un règlement de 1688.

Les voitures de gala augmentent de valeur, de richesse; elles gagnent en majesté. Des ornements partout.

Le train et le siège, en bois sculpté, sont relevés d'or. Les garnitures intérieures de la housse du siège sont en velours de Gênes.

Ce qui fait dire à Voltaire « qu'on inventa la commodité magnifique de ces carrosses, ornés de glaces et suspendus par des ressorts; de sorte qu'un citoyen de Paris se promenait dans cette grande ville avec plus de luxe que les citoyens romains n'allaient autrefois au Capitole. »

*
* *

Turgot, le prévôt des marchands et le ministre du roi, fait remplacer les lourdes voitures publiques, qui défoncent les routes, par d'autres plus légères et moins coûteuses qu'on appelle des *turgotines*. Il fait élargir

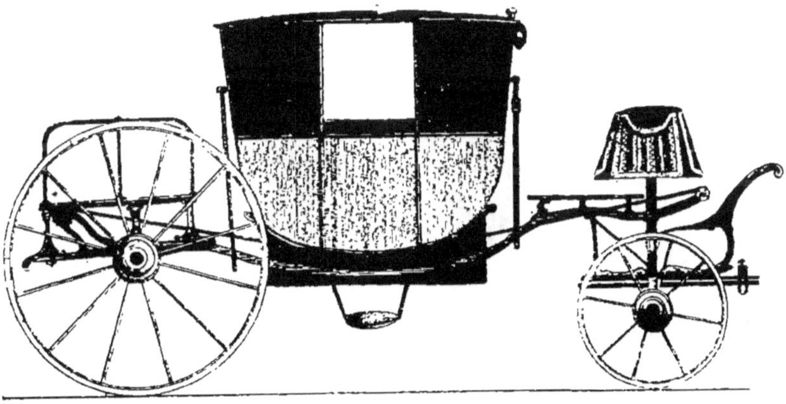

BERLINE A SOUPENTE

les quais du Pont-Neuf, et Piron célèbre en vers cette entreprise :

> Monsieur Turgot étant en charge,
> Et trouvant ce quai trop peu large,
> Y fit ajouter cette marge.
> Passant qui passez tout de got,
> Rendez grâce à monsieur Turgot.

Le luxe somptueux étalé sous Louis XIV, les plaisirs coûteux du règne de Louis XV, développent au XVIIIe siècle le goût des carrosses et déterminent leurs nombreuses variétés. A côté des voitures de la cour, qui se font remarquer par leurs formes pansues et la richesse de leur ornementation, on distin-

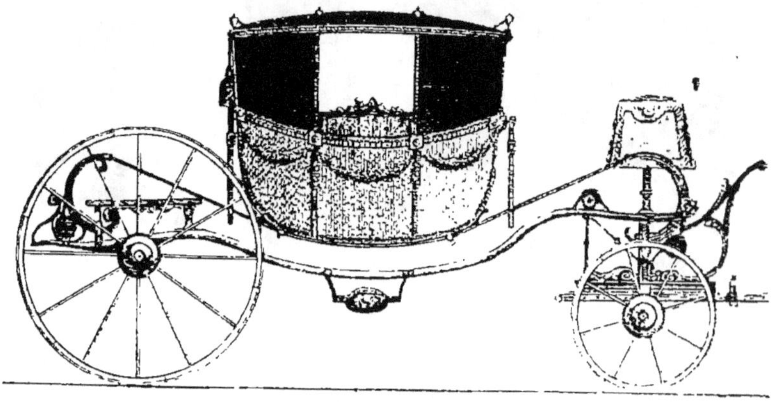

BERLINE A DOUBLE RESSORT

gue les *carrosses modernes,* fermés de toutes parts, ayant des portières *ouvrantes et solides,* avec des charnières et des portières, telles que la *berline.*

La berline, contenant comme nos voitures actuelles quatre personnes assises sur deux sièges, est portée d'abord par des soupentes de cuir, remplacées ensuite par des ressorts.

La berline à quatre portières, ou berline allemande, à six personnes, nous vient en droite ligne de la capitale de la Prusse, inventée par Philippe Chieze. Austère et pesante, d'ailleurs employée plus spécialement pour les promenades à la campagne, avec un coffre appelé *cave* et placé au-dessous de la voiture pour les provisions du voyage, elle fait contraste — la mode ne procède pas autrement — avec les voitures qu'elle vient de détrôner, avec le carrosse de Mme de Pompadour « à treillis de roses sur fond or, semé de papillons bleus, doublé de damas blanc broché et parfumé à l'iris ».

Quand la berline n'offrait que deux places, elle prenait le nom de *vis-à-vis*, ou de *chaises*, ayant deux roues, pour la campagne, comme en 1664.

Mais si elle n'avait qu'un siège derrière, avec une glace devant, elle devenait une *di-*

ligence, parce que, allégée de son poids, elle allait plus vite, ou elle devenait pour la ville : un (*carrosse*)-*coupé,* un *berlin-got*.

On nomme *brouettes, roulettes, vinaigrettes,* des sortes de boîtes, montées sur des ressorts et sur deux roues, traînées par un ou plusieurs hommes.

Les *coches* du XVIIIe siècle, qui desservent la banlieue sous le nom de *diligences,* ont quatre roues et sept pieds de longueur.

La *gondole* peut contenir douze personnes assises.

On voit la reine Anne d'Autriche se promener en *calèche.*

Le *landaw* ou landau ne se montre que plus tard, tandis que le cabriolet, abandonné vers la moitié de ce siècle, reparaît avec un engouement exagéré, malgré les dangers qu'il présente et qui lui valent son nom, en donnant lieu au quatrain suivant :

La mode en devint si commune,
Que le savetier du Palais
Se promène en cabriolet
Avec la marchande de prune.

C'est aussi ce que répond Mandrin à Proserpine qui, le rencontrant aux Enfers, lui demande des nouvelles de la Terre[1] :

— Il n'y a rien de nouveau que des cabriolets, c'est le goût à la mode, c'est la fureur de tout Paris.

— Hé ! reprend Proserpine, comment sont faits ces cabriolets ?

— Madame, continue Mandrin, c'est une voiture légère qui n'a que deux roues et un cheval. On y est à découvert; le maître fait les fonctions de cocher; mais il faut qu'il ait le chapeau à l'écuyère, c'est-à-dire une longue corne par devant et le bouton par derrière, des gants gris, la manche de l'habit en botte étroite et le fouet à la main. Ce n'est qu'après des changements infinis que les

1. *Dialogue entre Cartouche et Mandrin*, in-18. Épinal, Pellerin.

sages du boulevard sont parvenus à donner au goût ce point de perfection. Depuis ce temps tout est cabriolet. Frisures, coiffures, ajustements, perruques; tout prend le goût du cabriolet. Les jeunes petits-maîtres mêmes

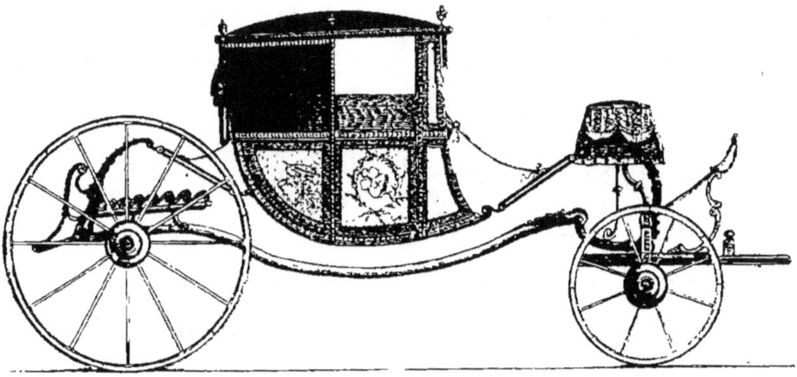

DÉSOBLIGEANTE

veulent un cabriolet. Bientôt toute la ville aura des cabriolets...

On voit surgir encore d'autres variétés de voitures, telles que la *désobligeante,* que nous appelons de nos jours un *trois-quarts,* la *dormeuse* où, comme son nom l'indique, l'on peut s'allonger librement.

Ce qui fait dire à Regnard, dans sa comédie du *Joueur*, représentée en 1696, par la bouche de Hector :

> Ne serai-je jamais laquais d'un sous-fermier ?
> . . . .
> Je deviendrais un jour aussi gras que mon maître,
> J'aurais un bon carrosse à ressorts bien liants,
> De ma rotondité j'emplirais le dedans.

Le prix de location, pour tous les carrosses roulant sur la voie publique, est élevé à vingt-cinq sous pour la première heure et à vingt sous pour les suivantes. Deux ans après, en 1698, on enjoint aux loueurs de peindre sur leur voiture un grand chiffre en jaune.

> Visitez donc les grands, durement cahoté
> Sur les nobles coussins d'un char numéroté.
>
> DELAVIGNE.

On n'a pas assez remarqué jusqu'ici l'influence du carrosse, non seulement dans les coutumes et les mœurs, mais sur l'extension des villes et le développement des habitations. Car c'est toute une révolution qui s'opère dans les usages. A mesure que l'emploi du carrosse augmente, la modification des rues devient nécessaire et la transformation des édifices s'impose. Les maisons nouvelles s'élèvent avec des façades plus larges et des cours intérieures très spacieuses. Au lieu d'une entrée étroite, qui rappelle l'exiguïté des portes au moyen âge, on construit des portails plus grands où les voitures puissent passer; on crée des voies en rapport avec les dimensions des véhicules qui font dans Paris un bruit incessant, car Saint-Évremond dit[1] : « Quand le précepteur de Néron écrivit de la tranquillité de sa vie, je crois qu'il en prit le sujet sur les carrosses de louage de son temps, en opposant le repos au bruit continuel qu'ils faisoient à Rome. Il y en a ici un nombre infini qui ne sont

1. Lettre italienne écrite par un Sicilien à un de ses amis, mais attribuée à Saint-Evremond et datée du 20 août 1692.

faits que pour tuer les vivants; les chevaux qui les tirent mangent en marchant, comme ceux qui menoient Sénèque à la campagne, tant ils sont maigres et décharnez. Les cochers sont si brutaux, ils ont la voix si enrouée, si effroyable, et le claquement continuel de leurs fouets augmente le bruit d'une manière si horrible, qu'il semble que toutes les furies soient en mouvement pour faire de Paris un enfer. Cette voiture cruelle se paie par heure, coutume inventée pour abréger les jours dans un temps où la vie est si courte. »

Une des vingt pompes à incendie, construites par ordre de Louis XIV à l'usage des vingt quartiers de Paris, fonctionne la première fois en 1705, pour éteindre le feu qui avait éclaté dans l'église du Petit-Saint-Antoine.

Vers cette époque, quand la cour est au bois de Vincennes, il y a encombrement de carrosses au coin de la rue Saint-Paul, devant une boutique qui a comme clientèle toutes les grandes dames de Paris : celle du fameux pâtissier Flechner, fournisseur officiel du pain bénit de la paroisse. « Pas un équipage, ajoute Louſt, qui ne s'arrête devant cette appétissante boutique pour y prendre des petits gâteaux. »

C'est un grand honneur de monter dans les carrosses du roi. On cite les ancêtres qui prenaient place dans les voitures de la cour. Mais, en 1760, le nombre en devient si grand que Louis XV est obligé de limiter cette faveur aux gentilshommes qui pourront faire preuve de noblesse jusqu'en l'an 1400.

Dès 1761, il y avait un service spécial entre Paris et Versailles et l'on payait vingt-cinq sols pour ce trajet.

Des voitures allaient également à Meudon, à Marly, à Poissy, à Saint-Germain et le prix du voyage le plus élevé atteignait trois livres dix sols. Les diligences qui, au commencement du XVIe siècle, n'avaient qu'un service public, desservent, vers la fin du XVIIe siècle,

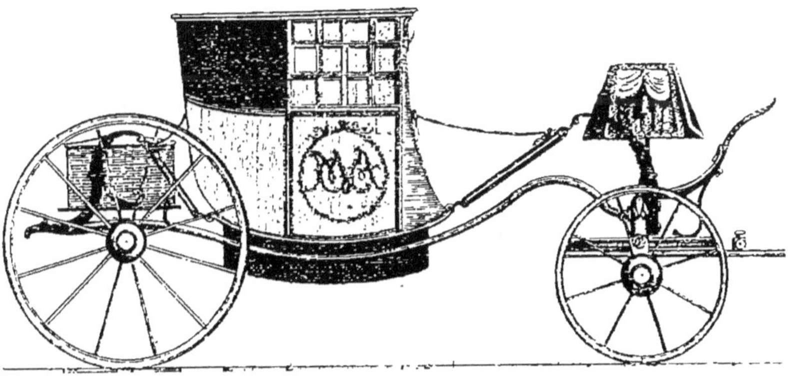

PREMIÈRES DILIGENCES

la plupart des villes principales du royaume. Elles mettent douze jours, par exemple, pour aller de Paris, hôtel de Pomponne, rue de la Verrerie, jusqu'à Strasbourg.

Le *courrier de Lyon* franchissait en moitié moins de temps la distance qu'il avait à parcourir, et chaque voyageur, en partant du quai des Célestins, avait à verser cent livres. La diligence, en quittant la rue d'Enfer, porte Saint-Michel, pour se rendre à Angers, était cinq jours en route, tandis que celle de Rennes, partant de la rue Pavée, restait un jour de moins. Les carrosses pour Orléans, pour Chartres, ayant leurs bureaux rue Contrescarpe, pour Lille, ayant les leurs situés rue Saint-Denis en face des Filles-Dieu, ainsi que ceux pour Rouen, établis à l'hôtel Saint-François, près des Grands-Augustins, roulaient pendant deux jours et faisaient payer douze livres en moyenne [1].

A cette époque les Parisiens se plaignent de l'insolence de leurs cochers de fiacre. Une ordonnance leur impose alors l'obligation d'être polis. L'année suivante, en 1775, les Messageries royales sont réunies rue Notre-Dame des Victoires.

1. CHARLES NISARD, *Histoire des Livres populaires*.

Le 21 janvier 1782, à l'occasion de la naissance du Dauphin, la reine Marie-Antoinette se rend à l'Hôtel de Ville dans un carrosse de gala.

Il est de mode, en 1787, d'avoir une voiture différente pour chaque jour de courses, et de se rendre aux Montagnes françaises, imitées des Montagnes russes, qu'on vient de créer dans le domaine de la chartreuse Beaujon. Tous ceux qui veulent singer les *beaux* reçoivent le surnom de *freluquets*.

Vers 1789, la population de Paris s'élève à 650 000 habitants qui prennent l'habitude de lire en voiture la *marée montante des brochures*. Déjà!...

Le 18 janvier de cette même année, un anonyme adresse une lettre au *Journal de Paris*, dans laquelle il raconte « qu'il a des chevaux tout comme un autre, mais qu'il préfère aller à pied, pour son plaisir, pour sa santé, et surtout pour ménager ses bêtes. Il n'est pas de jour, écrit-il, où je n'aie à trembler pour ma vie, sur des chaussées sans trottoir et sous des gouttières qui vous donnent des douches intempestives. D'insolents cochers se font un jeu cruel de me presser contre des murs où je suis exposé à glisser sur des tas de glace, de neige et de boue, à moins que je ne me laisse rouer par un carrosse étourdiment conduit. » Pour s'en défendre, l'auteur demande que les bornes soient de quatre pieds de haut et aient quatre pieds de saillie, afin que « l'extrémité de l'essieu n'ait pas la liberté de labourer le ventre des malheureux qui se blottissent contre le mur, comme il arriva l'an dernier à un magistrat distingué... »

En 1790, l'administration des postes n'a sous ses remises que 27 courriers : charrettes ouvertes dans lesquelles on place des malles mobiles, d'où vient l'origine du nom de *malle*.

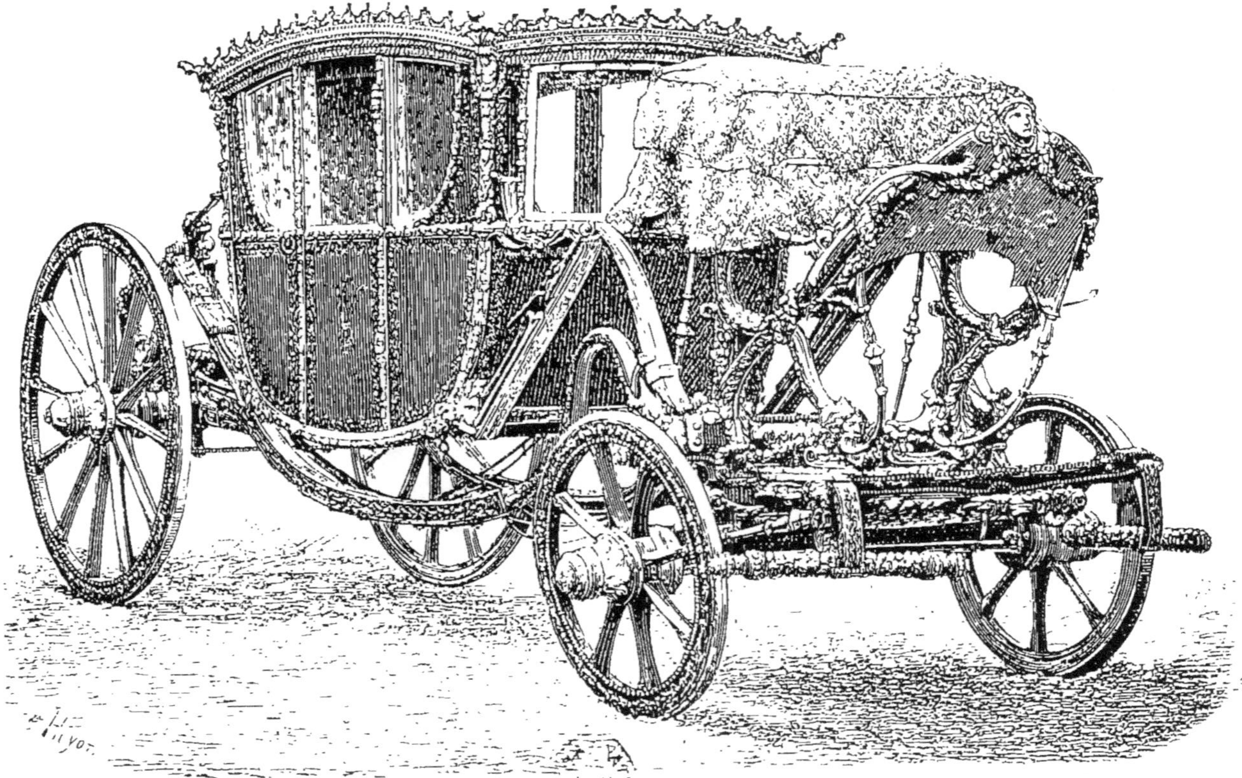

Paris qui Roule, par George Bastard.

CARROSSE DE GALA LOUIS XVI

5.

Mais le 1er janvier 1792, nous dit Ramée, on en fabrique 120, appelés : *paniers à salade*... énorme panier, en effet, peint en noir ou en vert foncé, surmonté de plusieurs arceaux de bois, recouvert d'une bâche en cuir, qui est traîné par un gros limonier, un cheval en galère et un troisième : le porteur, sur lequel se trouve le postillon classique.

Les prisonniers roulent en voiture jusqu'à la mystérieuse et redoutable Bastille, mettent pied à terre devant le pont-levis et pénètrent entourés de gardes dans la cour de l'Orme, au milieu de la prison d'État.

Le 21 janvier 1793, Louis XVI passe sur la fatale charrette devant la grille du Palais-Royal pour être exécuté sur la place de la Concorde.

Tous les jours, à deux heures, pendant

la Terreur, défilent devant le Café de la Régence, des charretées de victimes escortées par les gendarmes et entourées par le peuple.

CARRICK A POMPE

Le 6 octobre 1793, on conduit devant le tribunal révolutionnaire le duc d'Orléans, Philippe-Égalité, élégamment vêtu d'un frac vert, d'un gilet de piqué blanc et d'une culotte de peau dans des bottes à revers.

Le 10 thermidor an II (3 juillet 1794), Robespierre, accusé de despotisme, est mené à l'échafaud, avec ses acolytes : Couthon, Saint-Just... et une vingtaine d'autres. Un soleil brûlant darde ses rayons sur sa tête enveloppée d'un mouchoir sanglant, qui maintient sa mâchoire fracassée la veille d'un coup de pistolet, et sur son corps brisé, à demi étendu dans une charrette.

CABRIOLET A CAPOTE

Le 13 vendémiaire, an III (5 octobre 1795),

les canons de Barras roulent dans la rue Saint-Honoré et menacent la Convention.

La Révolution supprime les larges car-

CABRIOLET A SIX RESSORTS

rosses et les berlines à la Polignac, doublés de velours de Gênes ciselé. Les énormes diligences anglaises disparaissent aussi; mais en revanche l'on compte 10 000 voitures

Paris qui Roule, par George Bastard.

LANDAULET. — UN DÉFILÉ AUX COURSES

à Paris, dans lesquelles brillent au premier rang les *muscadins* de Chabot.

Et le Directoire émane le phaéton, qui est une pâle imitation du cabriolet, en souve-

LANDAU-CALÈCHE

nir de la fameuse chute faite par le fils de Phœbus.

O noms étranges! On crée les *landaus-calèches*, les *demi-fortunes*, dans lesquels se prélassent les *incroyables* et les *merveilleux*. D'autres voitures, aussi bizarres de nom, roulent sur le pavé de Paris; ce sont les *carricks*, amenés d'une ville d'Irlande.

*
* *

Sous l'Empire, il y a environ 12 000 voitures de toutes sortes, et les *agréables* (rapporte une chronique du temps) bousculent les 800 fiacres qui se rendent aux courses de Longchamps.

On commence, en 1808, à faire payer un droit de stationnement à chaque voiture de louage. Le *landaulet* fait son apparition.

Parmi les voitures qui figuraient au sacre de Napoléon Ier, il faut citer : la *Victoire,* la *Turquoise,* la *Brillante,* l'*Améthyste,* la *Cornaline.* Après son divorce, en 1809, l'impératrice Joséphine se rend au château de la Malmaison dans la voiture dite l'*Opale,* apparue sous le Consulat; la voiture appelée la *Topaze,* qui, un an après, sert au mariage de Napoléon Ier avec l'impératrice Marie-Louise, transporte, en 1837, Hector Soult

Paris qui Roule, par George Bastard.

VOITURE DE LA CÉRÉMONIE DU SACRE DANS LAQUELLE SA MAJESTÉ NAPOLÉON Ier, EMPEREUR DES FRANÇAIS FUT CONDUIT A LA MÉTROPOLITAINE DE PARIS (11 FRIMAIRE AN XIII)

alors ambassadeur de France à Londres, aux fêtes de la reine Victoria.

On compte en 1813 : 13048 voitures. Louis XVIII est dans son carrosse le jour où la maréchale Ney se jette au-devant de ses chevaux pour solliciter en vain la grâce de son mari. Cinq années plus tard, il y en a 16910 dans Paris, qui possède alors une population de 800000 âmes, non compris 4000 voitures bourgeoises. Aux volumineux *paniers à salade* succèdent, vers 1818, les élégantes *malles-postes* jaunes, à trois compartiments (coupé, intérieur, rotonde), surmontées d'une impériale pour les bagages, avec banquettes pour les fumeurs. Mais le fiacre reste sale et délabré, remorqué par des chevaux détestables.

Enfin, le 1er janvier 1819, on estime qu'il y a à peu près 22000 voitures, occupées en partie par les *élégants* de la Restauration.

Le duc de Piennes, aussi duc de Daumont, célèbre par le train fastueux de ses équipages, lègue son nom à une calèche menée « à quatre » par deux postillons montés à gauche, l'un sur le cheval de timon et l'autre sur le cheval de volée, tandis que le cocher se tient sur un siège en forme de coffre, et que des laquais poudrés se placent derrière en livrée de gala.

En 1821, on construit tout exprès une voiture pour le baptême du duc de Bordeaux, entièrement dorée comme la voiture du sacre et surmontée d'une couronne placée sur un coussin. La garniture de l'intérieur est en satin blanc et le pavillon, en velours blanc, est brodé soie et or, de diverses couleurs, par les demoiselles de la Légion d'honneur de Saint-Denis.

Les cochers de fiacre sont assujettis à une livrée, cette année même.

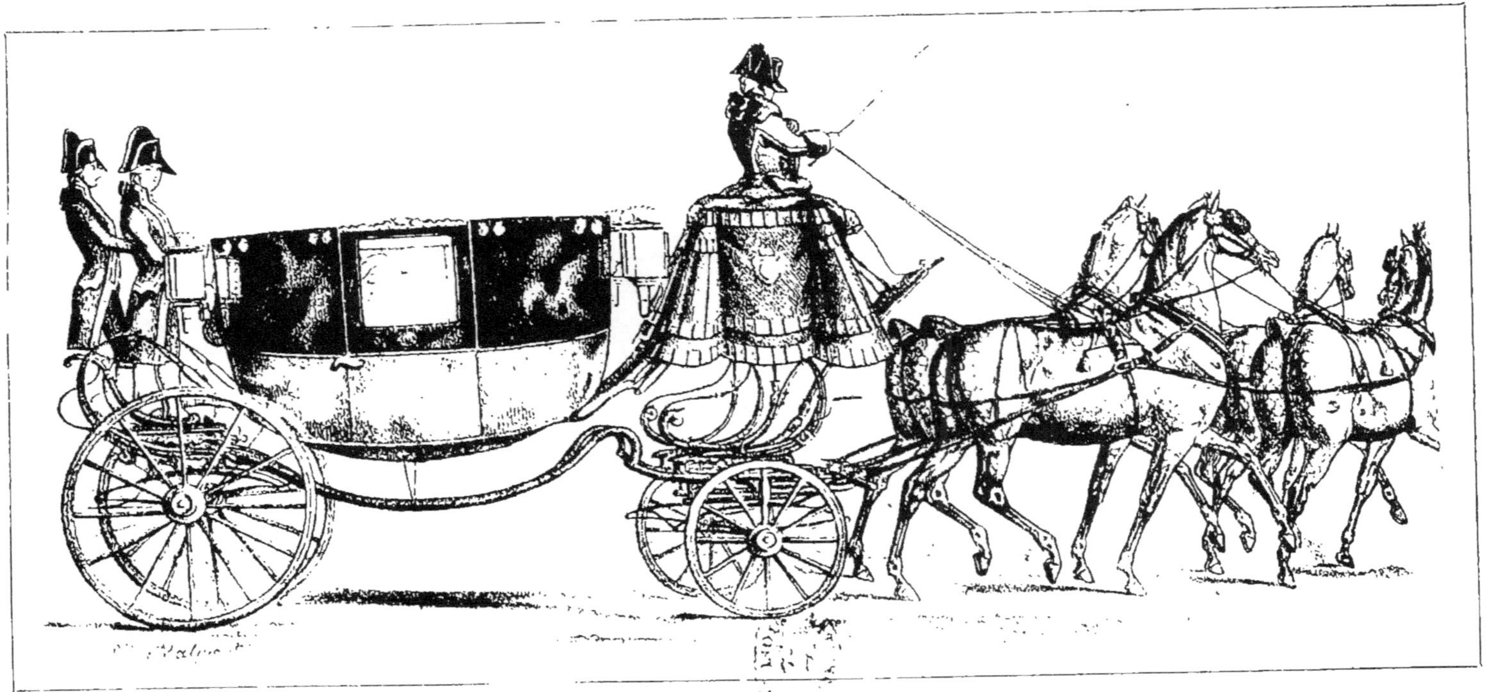

Paris qui Roule, par GEORGE BASTARD.

BERLINE FAITE POUR LE DUC DE BORDEAUX

En 1825, une voiture entièrement dorée est aussi faite pour le sacre de Charles X. C'est la plus belle de la collection du Trianon; un groupe de renommées émerge au milieu avec une couronne soutenue par un fût de colonne. Garniture d'intérieur en velours de soie cramoisie brodé d'or fin; housse du siège enrichie de glands, de torsades et de broderies d'or. Les poignées des quatre laquais qui se tiennent debout sur l'arrière-train sont tissées de soie rouge et or; toute la bourrellerie est en maroquin rouge.

Huit chevaux brillamment harnachés et caparaçonnés de palatines en velours, brodé de soie cramoisie et or, sont conduits par un postillon et huit valets à pied, en grande livrée. Le cocher tient en rêne les six derniers, qui vont au pas. Les *dandys* font les beaux jours de ce règne et le nombre des voitures croît chaque année; il atteint alors 26 ou 27000.

Ces beaux dandys, ces fameux séducteurs
Ne sont plus, mariés, que d'ennuyeux tuteurs;
Ils méprisent l'amour, ils font les bons apôtres.

Mme DE GIRARDIN.

Quoique les *chaises à porteur* ne roulent pas, citons-les, de même que nous avons pu parler des *litières* portées par quatre nerveux Syriens aux beaux jours de Rome. Les principales, conservées à Trianon, sont: celle de Marie Leczinska (femme de Louis XV) peinte par Watteau, celle de Marie-Antoinette dont les peintures sont attribuées à Joseph Vernet, sans oublier les *traîneaux* de Mme de Maintenon.

L'ancienne Administration des carrosses de la cour disparaît, et l'on construit sur son emplacement la caserne Bonaparte ainsi que le Conseil d'État.

En 1819, M. Godot, en 1824, MM. Dubourget et d'Andrion, en 1826, MM. Baudry

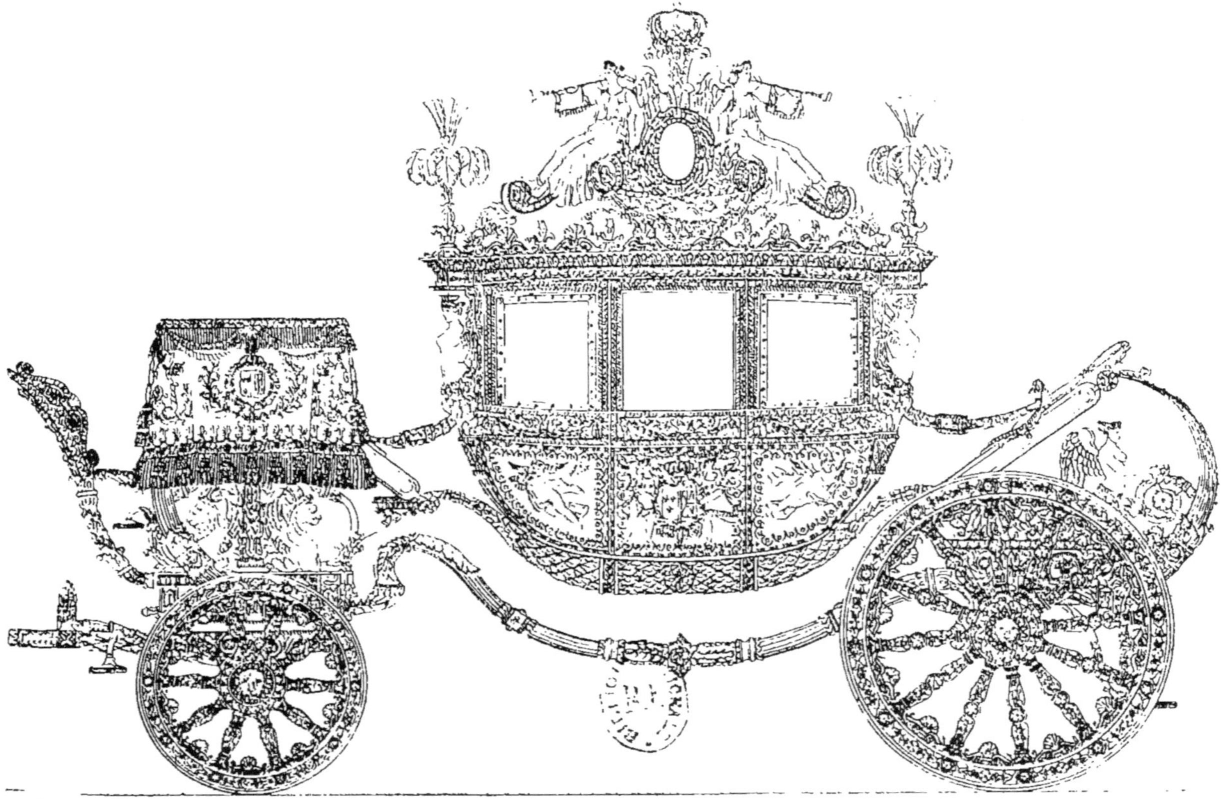

Paris qui Roule, par GEORGE BASTARD.

CARROSSE DU SACRE DE CHARLES X, TEL QU'IL ÉTAIT EN 1825

et Boitard sollicitent vainement d'établir un service régulier de voitures sur la voie

OMNIBUS

publique. En 1828 seulement, M. Baudry obtient l'autorisation de faire circuler les premières voitures sur les boulevards ou le

6.

long des quais. Et alors reparaît, vers la fin du règne de Charles X, l'ancien carrosse à *cinq sols* du XVIIIe siècle, qui excluait les soldats, pages, laquais, manœuvres et autres *gens de bras*. Ces véhicules, mis à la portée de tout le monde, prennent donc le nom d'*omnibus*. On paye le même prix : vingt-cinq centimes par place, puis trente centimes comme aujourd'hui.

La Révolution de 1830 bouleverse tout l'ordre des choses. Le peuple-roi parcourt les rues de la capitale dans des carrosses fleurdelisés, aux cris de : Vive la liberté !

Mais le calme rétabli dans la rue, de nouveaux genres de voiture, les *mylords* à un cheval, font leur apparition, tels que sont les fiacres actuels. Les cochers sont contraints de remettre aux voyageurs une petite carte indiquant leur numéro.

Le mouvement et l'animation renaissent partout. Les masques se font voiturer aux jours gras dans de magnifiques attelages à la *Daumont*.

ENTRÉE DU PEUPLE-ROI

Ce n'est pas à ce sujet que A. Barbier peut dire avec raison :

Le carnaval! Jadis cette courte folie
Était de la misère, avec un peu de lie...

car le luxe est inouï et le plaisir extravagant, mais on doit ajouter comme Théophile Gautier :

De paillettes tout étoilé
Scintille, fourmille et babille
Le carnaval bariolé.

*
* *

La translation des cendres de Napoléon Ier a lieu le 15 décembre 1840 sur un char magnifique.

Louis-Philippe offre le *char à bancs* pouvant contenir toute une famille et le roi-citoyen se trouve dans cette voiture le jour où Quénisset tire sur lui. L'année 1840 voit naître les *lions*.

On organise en 1841 la surveillance des

Paris qui Roule, par George Bastard.

UNE VOITURE DE MASQUES (SALON DE 1836)

fiacres. Il y a dans Paris 25 *berlines* et 400 *briskas* qui sont d'origine russe.

> De son riche briska
> Le dandy fait parade.
> La lorette inventa
> Le panier à salade.
>
> DELACOUR.

Les lourdes diligences des messageries Laffite et Gaillard, installées dans l'ancien hôtel de Roquencourt, donnent une animation extrordinaire à la rue Saint-Honoré, par leur roulement continu et le bruit de leur trompette.

Ces malles, couleur puce, remplacent les coupés jaunes de la Restauration.

« Aux postillons nationaux et vraiment classiques, dit un écrivain, aux postillons à queue, à tresses, et poudrés de l'ancien régime... aux postillons à la légère jaquette bleue, à revers, collet et retroussis écarlates, ornée de quelques douzaines de petits boutons en étain aux armes de France... aux postillons à culotte de peau jaune ou verte, au chapeau ciré à ballon et larges bords re-

troussés au-dessus des oreilles, aux grosses bottes à pompe et au petit fouet à nœuds... succèdent, pour la conduite de ces grosses

Paris qui Roule, par GEORGE BASTARD.

LANDAULET EN DAUMONT

diligences, des cochers débraillés, vêtus d'une blouse bleue, coiffés d'un bonnet de coton et chaussés de gros sabots remplis de paille. »

La République de 1848 a le *phaéton* légendaire du Prince-Président, et un écrivain a fait judicieusement remarquer qu'en considérant la façon dont le Prince tenait les rênes, les républicains d'alors eussent pu prévoir le coup d'État du 2 Décembre. Ils eussent pu éviter ainsi à M. Thiers le désagrément d'être cueilli nuitamment dans son lit. Mais les *gandins* de 1850 éclipsent les *lions* d'antan et l'étoile de Napoléon III brille de tout son éclat.

En 1852, on compte : 352 voitures desservant la banlieue, 733 cabriolets, 912 fiacres et 2 798 locatis circulant dans Paris. Le nombre des remises s'élève à 4000 et celui des équipages particuliers à 5000.

Un cocher de fiacre reçoit 3 fr. 50 par jour et rapporte à son patron tout l'argent qu'il a gagné. D'autres, payés à la *planche,* suivant

l'expression consacrée, traitent à forfait avec un entrepreneur auquel il donne : 12, 14 et 15 francs, pour la location de sa voiture.

Le bœuf gras, aux cornes dorées, se promène en char.

Il ne reste plus aucun vestige de ces légendaires *coucous,* verts, jaunes ou rouges... faisant le service de Sceaux et stationnant sur la place Saint-Michel ou celui d'Enghien et se tenant près de la porte Saint-Denis. Les autres stations principales pour Saint-Germain, Neuilly, Sèvres ou Versailles étaient le Cours-la-Reine et la place Louis XV.

Rien de plus curieux que ces boîtes de différentes couleurs et remplaçant la *gondole,* ouvertes par devant et fermées par derrière, avec deux banquettes dedans et plusieurs carreaux sur les côtés. Lorsque l'intérieur était suffisamment bondé de gens, nous dit-on, on rabattait une sorte de tablier en tôle, sur lequel, outre un cocher déguenillé, prenaient place des voyageurs qu'on appelait *lapins*. D'autres malheureux, qui grimpaient sur l'impériale, recevaient l'aimable nom de *singes* et le *rossard* efflanqué, qui traînait cette charretée humaine de 9 ou 12 personnes, prenait par ironie le surnom de *vigoureux*.

> Mais la postérité d'Alfane et de Bayard,
> Quand ce n'est qu'une *rosse*, est vendue au hasard.
>
> BOILEAU.

L'Empereur fait restaurer en 1853 la voiture de baptême du duc de Bordeaux, qui sert à la cérémonie de son mariage avec l'impératrice Eugénie, et, en 1856, au baptême du petit Prince impérial, assis sur les genoux de sa nourrice avec sa gouvernante et sa sous-gouvernante.

A l'occasion de ces fêtes, toutes les voitures des sacres sortent de leurs remises, et les armes de France, peintes sur les portières, en 1825, ainsi que celles brodées sur les sièges, sont remplacées par les armes impériales, soie et or en relief, de plusieurs nuances sur velours cramoisi.

On ajoute aux angles de la galerie quatre aigles en bronze doré et ce char triomphant, de plusieurs mètres de hauteur, d'une valeur de plus d'un million, parcourt ce jour solennel les rues de Paris dont la liste comprendrait un millier de noms.

Le second Empire ressuscite l'attelage à *la Daumont*, qui nous revient d'Angleterre, plus fringant et coquet sur ses huit ressorts, avec le cocher sur un siège, des postillons en tenue de jockey : une jaquette bleue de roi à crépines d'or aux épaules, une casquette de chasse ornée d'un macaron à franges d'or, des bottes molles à revers.

Insouciant de l'avenir, l'élégant équipage passe au grand trot, salué par les *cocodès* à la mode, précédé de trois piqueurs à cheval, en chapeau haut de forme, orné d'une cocarde aux couleurs impériales. L'exemple donné par le souverain est alors suivi par les plus hauts personnages : le duc de Doudeauville-Bisaccia, le marquis d'Aligre, le comte de Juigné, le prince de Sagan, le marquis de Pomereu, le duc de Mouchy. Ce genre d'attelage est aussi adopté par d'élégantes femmes, comme Mme Musard, ainsi que par des *cocottes*.

La belle *daumont* de la princesse de Metternich, voiture à caisse jaune traînée par quatre superbes chevaux noirs, frôle aux Champs-Élysées ou dans l'avenue de l'Impératrice : le *cabriolet à pompe* de Mme Skibels, les pimpantes livrées de Mme de La Houssaye, du comte Potocki, de Mme Mercy-Argenteau, du prince de Ligne, tandis que l'équipage de M. de Rieucourt passe rapidement, conduit par des postillons chaussés de bottes à chaudron.

On attelle aussi des landaus en daumont.

En 1867, la voiture de baptême du Prince impérial sert pour mener à l'Exposition universelle le sultan Abd-ul-Aziz.

La présidence de M. Thiers inaugure bien avec son coupé vert-sombre le régime de transition qui succède à ce régime éclatant, tandis que la voiture du maréchal de Mac-Mahon, avec ses roues blanches à réchampis rouges, sent l'officier brillant et correct tout à la fois. C'est bien là l'équi-

VOITURE DE L'AMBASSADEUR DE FRANCE
A SAINT-PÉTERSBOURG

page d'une république militaire, ni démocratique, ni aristocratique, tandis que M. Jules Grévy se fait voiturer en bon propriétaire dans un landau solide et bien rembourré, avec, pour satellites à la mode, comme sous les règnes précédents, les *petits-crevés*, les *gommeux*, les *boudinés*, les *pschutteux*, les *huileux*, dont l'énumération serait trop longue à épuiser.

Allez donc nier maintenant l'allégorie du char de l'État !

En 1883, le gouvernement envoie à l'amiral Jaurès, pour représenter la France au couronnement du Czar, une voiture qui a la caisse bleue et les raies des roues tricolores. Les ornements de la galerie sont en bronze et les armoiries R. F. sont peintes sur les portières. Le siège est en cuir verni, mais les draperies sont rouges et bleues, avec des passementeries blanches et un écusson en bronze ciselé.

Le Président de la République, M. Carnot, se rend à l'inauguration officielle de l'Exposition, le 6 mai 1889, dans une daumont attelée de quatre chevaux gris-pommelé, montés par deux postillons en veste et toque de drap bleu, agrémenté d'argent, culotte de peau blanche...

Paris qui Roule, par GEORGE BASTARD.

PAGE D'ALBUM

PARIS QUI ROULE

Combien aujourd'hui circule-t-il de voitures dans Paris ? L'avant-dernier comptage a eu lieu en 1858, et le dernier, plus complet, a été renouvelé depuis le 1er mai 1881 jusqu'au 30 avril 1882. La statistique a fourni les chiffres suivants, dans l'espace de vingt-quatre heures :

Voitures.	
42 122	sur la place de la Bastille.
29 460	dans l'avenue de l'Opéra.
20 124	sur le boulevard des Italiens.
17 524	sur la place de la Madeleine.
14 551	sur le boulevard Saint-Denis.
14 095	dans la rue Royale.
12 638	sur le boulevard Haussmann.
12 023	aux Champs-Élysées.

Voitures.	
10 929	sur le boulevard Saint-Martin.
10 003	sur le pont de la Concorde.
8 393	dans la rue de la Paix.
7 805	sur le pont des Saints-Pères.
7 512	dans la rue du Faubourg-Saint-Honoré.

La rue de Rivoli tient cependant la tête de cette liste avec le nombre de : 42 875, la rue du Havre va de pair avec le boulevard des Italiens, tandis que la rue de Chaillot est moins favorisée par son animation : 352 voitures. Le pont le plus fréquenté est le : Pont-Royal, sur lequel passent 6 192 voitures, enfin l'on a constaté 1 187 blessures graves dans Paris occasionnées sur la voie publique par des véhicules de toute sorte.

* * *

Les *omnibus*, véhicules d'un usage commode et d'un nom propre à retenir pour la foule, font leur apparition à Paris le 30 janvier 1828, après avoir obtenu un vrai succès à Nantes deux années auparavant.

Paris qui Roule, par GEORGE BASTARD.

LES BÉARNAISES

D'apparence un peu lourde, cette voiture affecte diverses formes, à quatorze places coûtant cinq sous chacune, comme au temps de Louis XIV.

Le cocher, assis sur son siège, pèse sur une pédale à soufflet communiquant à plusieurs trompettes, qui entonnent, pour se frayer un passage à travers le flot parisien, une fanfare bruyante et contribuent par leur vacarme à l'engouement du public pour ce nouveau genre de transport.

Mais l'entreprise supporte des fluctuations fâcheuses. On supprime un cheval sur trois, pour rétablir l'équilibre des dépenses; on augmente de cinq centimes le prix de la course pour grossir la part des bénéfices. Bref, les carrosses subissent des modifications nécessaires : on fabrique des caisses plus longues mais moins larges, et on y ajoute trois places dont un strapontin.

La fortune s'attelle enfin à ce char qui sonne l'hallali sur son parcours et amène la curée de ses places ambulantes.

Les rues de la capitale se trouvent bientôt sillonnées par une kyrielle d'omnibus aux désignations les plus baroques : les *tricycles*, les *favorites*, les *béarnaises*, les *dames-blanches*, les *dames-réunies*, les *constantines*, les *batignollaises*, les *gazelles*, les *hirondelles*, les *écossaises*, les *excellentes*, les *parisiennes*, les *citadines*... qui le plus souvent doivent leur nom à la fantaisie, mais aussi l'empruntent à leur origine ou à leurs qualités, à leurs formes ou à leurs couleurs particulières.

On invente le billet de *correspondance* en 1836, l'*impériale* de l'omnibus à quinze centimes en 1853.

Deux ans après, la fusion de toutes les compagnies se fait sous le patronage du Conseil municipal, et il n'y a plus à Paris qu'une seule *Compagnie générale des Om-*

Paris qui Roule, par GEORGE BASTARD.

LES ÉCOSSAISES

nibus, ayant le monopole exclusif dans la ville.

A cette époque, l'entreprise, qui avait 347 voitures, transportait 36 millions d'individus; cinq années plus tard, elle en possédait 406 et le chiffre de ses voyageurs, y compris la banlieue, s'élevait à près de 80 millions.

Enfin, vers 1869, elle comptait 694 omnibus dans les différents dépôts et 8279 chevaux dans ses écuries, pour traîner 116778756 personnes sur un réseau qui forme aujourd'hui un trajet annuel de 22 millions de kilomètres environ.

Qui n'a pas remarqué ces solides *percherons*, auxquels ils sont attelés, race forte de chevaux arabes croisés avec les chevaux du Poitou, comme ceux croisés avec les chevaux anglais ont produit les pur-sang? Les Sarrasins avaient décidément du bon!

Parmi les principaux omnibus à 40 places, il faut citer : Batignolles-Odéon et Madeleine-Bastille qui, depuis sept heures du matin jusqu'à minuit, font l'un 465 voyages et l'autre 590. La statistique dressée pour les autres réseaux a démontré qu'il y avait : 330 tramways et 650 omnibus (34 lignes), 23000 voitures de maître, 8713 voitures des Compagnies *Générale, Urbaine, Gauloise, Moderne, Parisienne, Coopératives,* et loueurs divers, auxquels on peut ajouter 200 voitures de remise non numérotées, les omnibus de banlieue (Ivry, Pantin...), les *Paulines* et autres voitures de courses marchant irrégulièrement.

Il y a, en somme, 80000 véhicules de toute espèce, si l'on veut compter les voitures de déménagements ou les voitures des grands magasins, tels que : le Bon-Marché, le Louvre, la Ménagère...

Il faut comprendre également les charrettes, les tapissières, les camions, les voitures à bras, et mille autres, sans omettre les prolonges d'artillerie, les voitures d'ambulance, les paniers à salade qui font le service des prisons...

Avant d'être mises en circulation, les voitures sont poinçonnées par le service de la Fourrière.

C'est au printemps et à l'automne de chaque année que cette double opération s'accomplit. Au mois d'octobre 1885, 2255 voitures ont été marquées à la Fourrière et 3380 dans les différents dépôts.

Le nombre des voitures de louage, qui n'était, en 1753, que de 170, s'élevait en 1855 à 4487.

Le nombre des fiacres roulant dans Paris était, au 1er janvier 1885, de 8587, et, au 1er janvier 1886, de 8929. A chacune de ces deux époques, on fixait en outre le nombre des loueurs à 1231 et 1278.

Durant les années 1887 et 1888 elles

étaient de 9015 puis de 9136. Au 1er janvier 1889, le chiffre des *Petites Voitures, Citadines...,* roulant dans Paris, s'élevait à 9550; il augmentera considérablement pendant cette année d'Exposition, avec l'importation des nouvelles voitures, telles que les *hansoms-cabs* du lord anglais dont les initiales : S T, surmontées de couronnes, s'étalent aux panneaux et sur les lanternes.

LE SERGOT

La terreur du cocher, l'espoir des voyageurs! Prend le numéro des voitures, enregistre les plaintes et dresse les contraventions.

Perçoit le modique salaire de 3 fr. 70 par jour, sans compter les coups de couteau auxquels il s'expose durant la nuit pour veiller à la sécurité des habitants. Pauvre sergot!

NOS COCHERS

Quelques bonnes boules de cochers plutôt flattées... Graves et pansus, rieurs et

rouges, avec des mines épanouies sur des corps maigres ou ventrus, les cochers sont presque toujours entre deux vins pris chez tous les mastroquets du coin. Pendant que *Cocotte* égrène son avoine dans une musette en toile pendue à son cou, le cocher mange sur une petite table installée à la porte d'un bouchon. Le cocher de fiacre digère en fumant sa pipe; conduit d'un air dolent, caresse du fouet l'épiderme insensible de son

bucéphale, est hargneux, insolent, grossier, quelquefois facétieux et blagueur.

— Avaleur de charrettes ferrées, dit-il à un copain qui s'est jeté contre un lourd véhicule.

— Demandez le *Journal des Cocus*, lance un gamin en colportant la feuille devant un cocher... — Pas besoin, répondit-il... Je le suis depuis huit jours.

Une femme fait le trottoir. Parlant de cette prostituée à l'un de ses collègues, il s'écrie : — C'est une *femme postiche!*

La chaleur est accablante. Un fiacre monte une rue cahoteuse lorsque son essieu se brise.

— C'est le soleil!... dit un cocher, et il reprend du même ton solennel : — Le soleil a brisé le fer!...

LE COCHER BON ENFANT

— Pour que j'prenne un bourgeois, moi, faut que sa tête m'plaise !

Est rond de manières comme de figure, n'aime pas les longues courses. De la Madeleine à la gare Saint-Lazare, v'là son rêve ! Deux pourboires valent mieux qu'un seul.

LE COCHER QU'IL NE FAUT PAS CHOISIR

Un cocher de nuit affublé d'un vaste manteau déchiré et coiffé d'un chapeau mou, bossué, difforme. Sent le tabac et pue l'alcool. — Recommander son âme à Dieu en le prenant, éviter prudemment de s'endormir et ne risquer qu'un œil... le revolver au poing.

Aoh! Yes!

LE VER RONGEUR

Le ver rongeur doit être aperçu de haut

ou de loin. Cheval de foire, cheval de rien! Cocher à l'heure, cocher de malheur!

Very beautiful!

LE CHEVAL QU'IL NE FAUT PAS PRENDRE A LA STATION

Il n'y a si bon cheval qui ne bronche! Celui-là ne remue pas et pour cause... Sque-

lette ambulant, bon pour l'équarrissage. Le cocher cherche cependant à l'amadouer; mais rien ne réussit à ébranler sa foi.

— Courtisan de cheval de bronze, s'écrie un loustic qui passe.

LE SAPIN EMBALLÉ

Le sapin emballé demande à être vu de chez soi. Il n'y a si bon cocher qui ne verse,

n'écrase les chiens, ne renverse les personnes, ne défonce les magasins et ne s'abatte... au milieu d'une crèmerie...

MARCHENT COMME UN SEUL HOMME

L'œil du maître, dit un proverbe, engraisse le cheval. Chevaux qui n'ont jamais

été vus par leur maître. Marchent aussi comme un seul homme, n'ont fait que le camion et passent un beau jour à la voiture. Avancement à l'ancienneté !

AU PETIT JOUR

A la gare, au petit jour... Première ou dernière course. Train d'enterrement, lors-

qu'il faudrait, au contraire, pour arriver à l'heure du train, avoir le cheval de Pacolet.

FIAT LUX!

Fiat lux! (Ordonnance de police du...) Les lanternes rouges qui semblent projeter pendant la nuit des lueurs sanglantes, les jaunes étendre de pâles rayons de soleil et les vertes refléter les feux d'un verre d'absinthe, errent à l'aventure sur la voie publique.

Il pleut. Un quidam sort d'une allée avec son parapluie ouvert et dit d'un ton arrogant :

— Cocher, ouvre ta boîte !

— Ferme la tienne, répond l'automédon furieux.

A L'HEURE SANS DOUTE

Le cocher fume sa pipe en rentier, reçoit

son client en amphitryon, se prélasse en dilettante, interpellant ses collègues :

— On est toujours poli ?

— Toujours, riposte l'autre.

— Et les clients ?

— Aussi.

— Allons, tant mieux...

Déclare qu'il ne passe jamais le Pont-Neuf sans voir, comme dit le vieux proverbe, un moine, un cheval blanc et... une catin.

J'VAS RELAYER

— J'vas relayer, vous répond-il d'un air hautain, en vous jetant cela à la face comme un joueur qui vient de faire sauter la banque.

Ne se montre bien disposé qu'envers le piéton qu'il a chance de déposer en route sans changer son itinéraire.

Mieux vaut être cheval que charrette !

Paris qui Roule, par George Bastard.

J'VAS RELAYER

AH! MALHEUR...

Tête de priseur et nez au vent, joues carminées et menton de cire, favoris en broussailles et yeux en boule, mains de singe et gestes d'ivrogne.

— Vingt-cinq centimes pour une course ?... Ah ! malheur ! Ça n'a pas le sou et ça va en voiture !...

LE COCHER OBSÉQUIEUX

Le cocher ayant primé
Tout l'été
Se trouva fort dépourvu
Lorsque l'hiver fut venu...

Type de cocher obséquieux, descendu de son siège pour arrêter le Passant — rien de François Coppée — avec un doux sourire sur les lèvres :

— Faut-il une voiture, patron, bourgeois ?

Le gommeux file et ne répond pas.

— As-tu fini avec tes manières ! (Se retournant.) C'ti-là se tient mieux à table qu'à cheval.

VOITURE ARMORIÉE

La journée d'une Parisienne :

Monter sur ses grands chevaux, stationner

deux heures chez sa couturière, une heure et demie chez sa modiste, une heure chez sa corsetière, une demi-heure chez la fleuriste, autant chez la gantière... Elle a fait cela hier, mais elle recommencera aujourd'hui, pour continuer demain.

LES CONSCRITS

Les conscrits! Les joyeux conscrits!!

Ceux qui voudront s'en aller resteront.
Ceux qui voudront rester partiront.

D'un côté de l'avenue des Champs-Élysées, ils descendent bras dessus et bras dessous les futurs conscrits. Ils vont guillerets avec des airs vainqueurs, en chantant la *Marseillaise* ou les couplets les plus ressassés des cafés-concerts. Les uns reprennent en soli et les autres répètent en chœur pour oublier leur défaite ou pour fêter leur triomphe.

Ils parcourent Paris avec des drapeaux, des falbalas, des flots de rubans, de grands carrés de papier au chapeau sur lesquels

s'étale, en chiffres connus, le numéro qu'ils ont retiré de l'urne.

Après s'être bien égosillés, ils font de longs arrêts chez tous les mannezingues pour se rafraîchir le palais.

VOITURES DE NOCES

Il y a de vraies noces, qui se font rouler en omnibus, en tapissières, en tramways.

Elles se font le plus communément dans

des voitures de remise qui défilent en longues théories... Grands carrosses de louage, tout en glaces biseautées, avec garniture de satin blanc, traînés par de pauvres bêtes qu'on dirait articulées tant leur allure est raide.

De la salle de noces pour *Festins à 500 Couverts*, le cortège prend le chemin du Bois et s'achemine lentement jusqu'au restaurant de la Cascade. Par les baies vitrées de la première voiture, le public est admis à contempler la mariée, dissimulant sous des flots

de tulle son visage compassé. Une branche d'oranger, symbole du doux hymen, festonne sous son voile léger et s'enguirlande parmi ses cheveux noués. *Hyménée! Hyménée! Oh! la douce journée!*

CONDUCTEUR, CONTROLEUR ET RECEVEUR

1° **Conducteur.** — Fourrure d'astrakan ou de peau de mouton au collet, chapeau de toile cirée avec un galon, manches de lustrine aux bras et gants fourrés dans les mains pendant l'hiver, tel se montre à nous le conducteur d'un omnibus.

Ne prend jamais d'exercice. N'a pas besoin de jambes. On pourrait mettre un cul-de-jatte à sa place. Gagne 6 fr. 50 par jour;

a des amendes à payer s'il est en avance ou en retard dans son trajet, paie des indemnités s'il écrase des personnes, blesse des chevaux ou heurte des voitures. En revanche, peut gagner 15, 20 et 25 francs par jour si, pendant trois semaines, il n'a occasionné aucun dégât ni aucun préjudice, suivant les endroits plus ou moins encombrants qu'il traverse.

2° Le **Contrôleur**. — C'est le rentier de ce métier. Regarde, inspecte, pointe les feuilles des receveurs, siffle les voyageurs au passage des voitures, recueille les correspondances et... admire les jolies femmes. Touche pour cela 2400 francs par an. N'a ni risques ni responsabilités.

3° Le **Receveur**. — Est généralement jeune, petit, maigre. Air fendant, fait de l'œil aux trottins. N'a pas son pareil pour enlever d'une main légère les femmes trop lourdes.

Passe la main sous leur aisselle et... v'lan ! les voilà sur la plate-forme, souriantes et ravies de cette escalade. Il reçoit les mêmes appointements qu'un conducteur, s'il est de première classe, grade qu'il n'obtient qu'après trois ans de service à la Compagnie. Travail de 6 ou de 15 heures par jour, avec deux jours de congé par mois. Il porte au côté sa sacoche pleine, et les déficits de la recette sont à sa charge. Bref, en cas d'accident, il doit sauvegarder les intérêts de la Compagnie : prendre sur la plaque de la voiture qui aborde le nom du propriétaire, faire constater le délit et requérir des témoins... Sa plaque blanche sur la poitrine, son sifflet suspendu au cou et son képi penché sur l'oreille lui valent en outre 50 francs de pourboire par mois.

L'IMPÉRIALE A VOLONTÉ...

Il pleut à torrent... Personne sur la voie publique qu'un chien crotté. L'omnibus passe et s'arrête à la station. Immédiatement la foule se précipite hors de la baraque en bois et les parapluies s'ouvrent. Tout le monde baisse honteusement la tête. Les femmes relèvent leurs jupes et les hommes leur collet; ils se massent ensemble, les pieds dans l'eau, et attendent leur tour derrière le véhicule.

— Une place à l'intérieur, et sur le dessus... à volonté, s'écrie le receveur.

— Qu'embarque... demande le contrôleur. Mais un remous se produit et le reflux se porte vers la cabane.

— Demandez le *Canard à trois becs,* dit un gavroche qui vend une feuille de chou.

Et le véhicule part, s'ébranle avec une armée de parapluies sur l'impériale, où les voyageurs hardis, les reins appuyés à la ba-

lustrade et debout, font face aux autans déchaînés, sous ce dôme imprévu qui ruisselle en gouttes dans leur cou.

LA PETITE CHARRETTE DU CHEMIN DE FER

Se garder de lire un journal autour d'une

gare, l'employé vous prendrait irrévérencieusement pour un colis et ne vous préviendrait du choc qu'au moment de la rencontre.

— Eh! gare donc, là-bas!!

— Imbécile, maladroit...

— Voyons, mon p'tit père, n' te fâche pas et assieds-toi dedans!

PAGE D'ALBUM

LA VOITURE AUX CHÈVRES

La joie des enfants et la tranquillité des parents. Va du rond-point des Champs-Élysées à Guignol, et de Guignol à la place

de la Concorde. Plusieurs lignes, sans correspondance. Les garçonnets montent sur le siège et font claquer un fouet qui n'accélère pas l'allure calme et placide des chèvres, tandis que les fillettes s'entassent pêle-mêle dans l'intérieur de la voiture et jouent à la madame qui va au Bois.

LA VOITURE DE LA NOUNOU

A quitté père, mère, mari, enfants au pays natal pour venir à Paris en trouver d'autres qui sont étrangers. Grasse et majestueuse,

la nounou s'avance d'un pas mesuré, rubans flottants au vent comme la flamme d'une corvette et toutes voiles dehors, roulant devant elle un marmot somnolent, enfoui dans un flot de mousseline, de ruches, de gaze et de dentelles.

LES MARCHANDES DES QUATRE-SAISONS

Les voitures surchargées de légumes et de comestibles s'alignent le long des trottoirs.

Les marchandes, replètes, avec un madras ou un foulard sur la tête, vantent les qualités de leurs denrées en donnant la réplique aux acheteuses :

— Pas frais, mes œufs ? Ils ont été pondus pour vous, ma mignonne.

— Eh bien ! on t'en donnera des carottes à ce prix-là, *fainiante !*

— Trop chères, ces asperges ! va donc, paquet... Te faut-il le beurre avec, pour les faire cuire ?... Veux-tu, par-dessus le marché, qu'on te fasse porter la botte chez toi ?

Tiens, ma botte, voilà où je te l'enverrais !...

Et toutes ces ripostes se croisent au milieu du cri des vendeurs :

— J'ai des cailles, de belles cailles de vigne !...

— J'ai des écrevisses toutes vivantes ! Qui veut des cailles ? Qui veut des écrevisses ?

LE MARCHAND DE TONNEAUX

Charrette interminable, suivant les rues au pas, avec des barriques amoncelées dessus et des petits tonneaux suspendus des-

sous. Conducteur à pied, flanqué d'un large tablier de cuir et psalmodiant d'une voix caverneuse, comme si elle sortait par une bonde, l'antienne connue :

— March'and de ton...neaux ! 'Chand d' tonneaux ! Qui a des tonneaux à vendre ?... Av'vous des tonneaux ?

LOCOMOBILE A VAPEUR

Lourde, pesante et noire. Un monstre! Repose le jour et fonctionne la nuit, tasse les pierres et aplanit les difficultés du chemin. Bien connue des noctambules du boulevard qui lui ressemblent par plus d'un point... C'est que, comme elle, ils fument et veillent... N'a rien de la légèreté et du confortable que l'on trouve dans les ambulances urbaines patronnées par les Dames Françaises.

LE CAMELOT

Voiture montée sur deux roues basses, qu'un individu, en casquette de soie et blouse

de toile, pousse devant lui en répétant comme une litanie : Fil, aiguilles, galons... Pommade, savons, miroirs... Boutique à trois, à trois sous ! Allons, mesdames, la vue n'en coûte rien... Choisissez, choisissez !

POMPE LOCOMOBILE

Très pratique. A l'air d'un gros canon allongé sur son affût et toujours en batterie. N'exhale aucune fumée, est roulant et com-

mode, avec ses grands tuyaux cerclés de fils de fer qui se déroulent comme les tuyaux d'un vaste narguileh. De vrais cyclopes aux tabliers de cuir, chaussés d'énormes bottes, circulent avec une lanterne à la main, pompant la vidange inodore, car...

De nos jours on améliore
Souvent bien, et plus souvent,
Ou la matière ou l'animal.

MÉRY.

LES VOITURES DE DÉMÉNAGEMENT

Quatre fois par an et, pendant un mois chaque fois, elles sillonnent Paris ; les

meubles et les paniers débordant de toutes parts et déposés à la porte des maisons, au milieu d'un fumier de paille et d'ordures... Les hommes, employés à ces déménagements, se coiffent d'un bonnet de coton à faire croire qu'ils sortent du lit qu'ils portent sur le dos, et les voitures étalent avec complaisance ces réclames séduisantes : *Au désir de contenter !... Je suis capitonnée.*

VOITURES A RÉCLAME

La réclame emprunte au commerce, au théâtre, aux cafés-concerts, aux marchands

d'habits, les formes les plus variées. Promesses alléchantes et annonces qui tirent l'œil. Généralement un postillon en livrée, et même voire des amazones, conduisent des chevaux attelés sur le char triomphal. Boîtes à lait, chapeaux gigantesques, pots à moutarde, biberons automatiques, défilent sous vos yeux. Les inventions les plus étonnantes apparaissent en lettres cabalistiques sur les affiches : *Gaz de Marais*, *Société Hélicoïdale*, *Crinophile indien*.

POCHÉES DE FARINE ET SACS DE CHARBON

Cette poudre blanche, renfermée dans des sacs blancs, est déchargée par des hommes qui s'appuient sur de gros bâtons et s'appellent des *forts* de la halle. D'autres hommes, noirs comme des corbeaux, qui montent des sacs de charbon de terre jusqu'au sixième étage, sans le secours d'aucune canne, n'ont pas de nom spécial. Sacs plombés et cachetés, pesés à la bascule, marqués en chiffres connus. Garantie, sécurité...

LA VOITURE DU BOUCHER

Carriole légère, autant en emporte le vent!

Roule, tourne, entraînée par un cheval qui n'a que les os et la peau... Le reste est dans la voiture : chair humaine et animale. Quelle est la plus animale des deux?

LA VOITURE DU BLANCHISSEUR

Elle traverse de bonne heure Paris. Sous

la bâche qui la recouvre, le conducteur engourdi dodine la tête, les rênes passées à son bras et les mains glissées dans ses poches. Une jolie fille, assise sur le linge, sommeille dans l'autre coin, avec une chaufferette sous les pieds, en hiver, et ses mains ramassées sous son tablier.

C'est le mardi de chaque semaine.

La voiture s'arrête à une porte; elle est gardée par un petit chien aussi bien que par une armée. Les paquets de linge propre en sortent et les paquets de linge sale y rentrent. Le soir, la grande voiture retourne au logis, cheminant au pas sur la route. Et des cris étouffés, mystérieux, s'échappent; des éclats de voix féminines retentissent... On est si moelleusement couché sur la fine batiste et sous le gros prélart.

LA VOITURE DU LAITIER

La première qui roule, et la plus bruyante. Avec la visière de la casquette rabattue sur les yeux et le collet du paletot relevé jusqu'au nez, des laitiers reviennent en fumant leurs pipes. La charrette, allégée de tout le poids du liquide qu'elle a versé à sa clientèle, roule au grand trot du cheval.

Le pas des chevaux résonne, les boîtes de fer-blanc se heurtent, brimbalent, font un tapage infernal.

Sous la pluie, la lumière des becs de gaz projette des lueurs diffuses, tandis que les boutiques ouvertes des boulangers matineux répandent, par endroit, de grands reflets de forge. Les balayeurs s'espacent çà et là, éclaboussés de tous côtés, mais le *corps de balai* n'a cure de ce mince inconvénient,

PETITS GAINS ET GROS EFFORTS

Retour des Halles... Deux bras robustes, qui font la force de plusieurs chevaux,

tirent une charrette pleine d'oignons, choux, poireaux et salade. La petite chicorée ! La petite chicorée ! Coup de pied de jument ne fait jamais de mal aux chevaux, car la femme s'attelle au brancard.

LES TOMBEREAUX DE DÉCHARGE

Derrière Montmartre!

Cheval d'avoine, cheval de peine, dit le proverbe.

Je doute que celui-ci ait beaucoup de l'une, mais je constate qu'il a beaucoup de l'autre. N'importe! Il tire, travaille, fatigue.

Le cocher jure, peste, sacre comme un brigadier... du train des équipages. Mais il ne connaît qu'une arme : le fouet; il ne connaît qu'une cavalerie : la grosse, et qu'une allure : le pas. Comme lui, cependant, il connaît encore le petit verre et le tabac. Mais il n'a pas de plus grand bonheur sur terre que de faire enrager le bourgeois. Se tient toujours au milieu de la route, afin d'accrocher les voitures. Ne crains rien pour son tombereau. Est d'ailleurs assuré contre les accidents.

LE CABRIOLET DE LA POSTE

Cheval de paille, cheval de bataille! Réquisitionné parmi les chevaux réformés des régiments de trainglots. Attend, immobile, devant les bureaux de la poste qu'on remplisse de lettres le coffre de la voiture, et, fouette cocher! il part, sous la conduite du cocher enveloppé de son carrick, avec un

Paris qui Roule, par George Bastard.

LE CABRIOLET DE LA POSTE

chapeau à rebrousse-poil de Robert Macaire, tout galonné d'or, qui lui entre jusqu'aux oreilles formant œillères sur les côtés. Porte dans sa boîte la destinée d'un peuple. Amour et mystère!

LA POMPE A INCENDIE

Ce n'est pas une voiture, c'est une locomotive traînée par des chevaux, ayant une brochette de pompiers en sautoir. Elle corne comme un vieux cheval poussif, suspend la respiration générale de toute une ville et, avant d'arriver au foyer d'incendie, allume sur tout son passage, avec le fourneau de sa machine, les pâles reflets d'un autre incendie. Il n'est pas rare de voir un pompier à cheval mais le comble serait de le voir sur un cheval auquel on aurait mis le feu.

LA BROUETTE MUNICIPALE

Une voiture qui ne marche pas toute

seule! Son cheval a la tête grosse, dit le proverbe, il ne peut sortir de l'écurie.

Il n'aime pas l'été, parce qu'il faut arroser pour abattre la poussière. Il déteste aussi l'automne, parce que la chute des feuilles ne lui laisse aucun repos. L'hiver aurait du bon s'il n'y avait pas à balayer la neige; le printemps seul est sa saison de prédilection, parce qu'il a moins à faire.

LE MONSIEUR AUX MOUTONS

Une illustration de l'avenue du Bois dans une voiture de malade, les jambes enveloppées d'une couverture et le chef coiffé d'une casquette de fourrure ou d'un chapeau de paille, suivant la saison. Quel est ce personnage énigmatique? Où peut-il demeurer? A quel rang de la société doit-il appartenir?... Le mystère est dévoilé. Son nom est M. de K..., ceux de ses moutons : Babylas et Babette. Il habite Passy. Voici maintenant sa légende : Neveu de Lamen-

nais, ancien secrétaire de Lamartine, ami du marquis de Hertford, a fait sauter le Prince impérial sur ses genoux. Militaire, voyageur, homme politique et journaliste tour à tour... il est parti en ballon pendant la guerre, est allé échouer sur la mer de glace où il a eu les jambes gelées...

O douceur, sainte esclave! O bonté, sainte reine!
Que la bête ait en l'homme un maître respecté;
Que partout où la vie est en proie à la peine,
La douceur porte la bonté!

VICTOR HUGO.

LA VOITURE QU'ON NE HÈLE PAS

Cheval à l'œil morne et résigné, aux jambes arquées et cagneuses, dont une touffe de poils orne les sabots.

Roule lourdement sur le pavé. Recrute ses officiants on ne sait où. Situation d'ailleurs peu recherchée, jamais consignée sur une carte de visite. Le peuple souverain renifle même en passant et n'a que des paroles amères pour les gens de ce métier.

C'est un jour de pluie; il tombe des hallebardes et le conducteur reste sur son siège, sa pipe aux dents. Un gavroche s'approche alors et lui dit en pinçant ses narines :

— Oh! là, là... Ferme donc tes égouts. Puis il ajoute : Ah! malheur. T'as donc pas trois sous de plus pour rentrer à l'intérieur?...

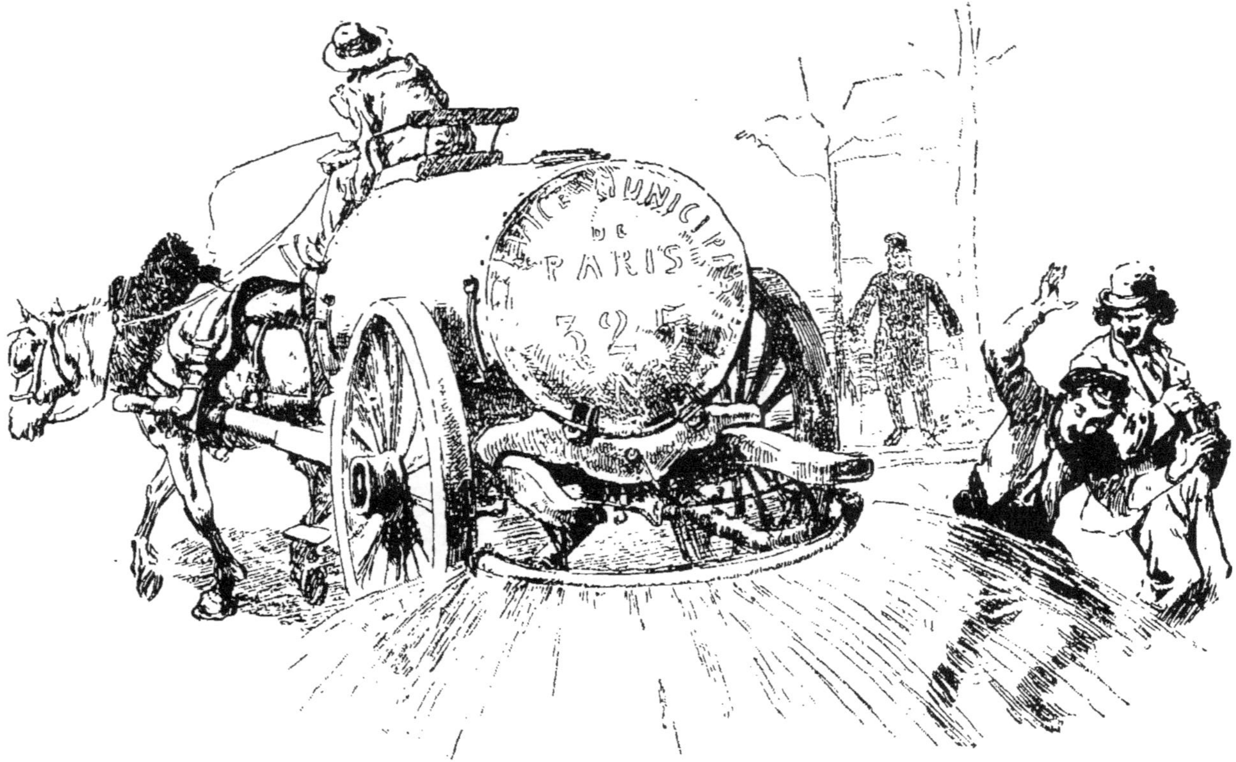

Paris qui Roule, par George Bastard.

L'HYDROTHÉRAPIE MUNICIPALE

HYDROTHÉRAPIE MUNICIPALE

Douche gratuite et laïque, préférable en été à l'instruction obligatoire...

Indifférent au sort de ses semblables, le cocher du haut de son siège paraît cependant prendre un malin plaisir à arroser les tibias de ses concitoyens et à leur témoigner de son mépris à la façon canine.

LA PROVIDENCE DES DÉCROTTEURS

Partout où celui-là passe, celui-ci a déjà passé. Position sociale recommandée : Brosseur de voirie. Demande du soin, de l'habileté pour rejeter proprement sur les bords de la chaussée, une crème mousseuse et fouettée, couleur café au lait; des fonctionnaires salariés par l'État la raclent ensuite, avec leurs râteaux, jusqu'à *Grille-d'Égout* pour faire place nette aux oisifs, aux promeneurs, à tous les vagabonds de la vie.

Paris qui Roule, par GEORGE BASTARD.

LA PROVIDENCE DES DÉCROTTEURS

VERS L'ÉTERNITÉ

Monte gaillardement l'escalier, entre à pas pesants dans la chambre mortuaire; en

redescend avec adresse dans l'escalier ciré, s'arc-boute contre les parois du mur et dispose avec art les couronnes de fleurs sur le char funèbre... Tel est le croque-mort, qui, pendant la cérémonie religieuse à l'église, va le plus souvent prendre un gloria-cassis sur le zinc de la buvette la plus proche.

— L'argent de la mort, dit à voix haute un des clients en le voyant payer au comptoir !

— Et qui ne reçoit d'elle aucun pourboire, répond l'autre.

Puis, les prières achevées, le lugubre cortège se remet en marche, les hommes d'équipe de chaque côté du char funèbre, aux draperies noires à franges blanches. Leurs mains gantées de fil blanc, avec leur habit de drap noir usé et lustré, un chapeau verni où le soleil se mire, ils s'en vont les bras ballants près des chevaux, comme les ombres errantes du Styx...

L'INVASION DES BARBARES

Affreuses cages rouges signalées à la vindicte publique, envahissantes, gênantes, encombrantes, qui n'ont d'autre utilité que de faire une réclame ambulante et stupide, en *faisant le trottoir* comme des grues ou des ibis sur le bord du Nil. Oh! Seigneur, délivrez-nous de ce fléau. Interdites à ces véhi-

Paris qui Roule, par GEORGE BASTARD.

L'INVASION DES BARBARES

cules la circulation libre et envoyez-les de l'autre côté du détroit pour voir si le tunnel s'avance.

Oh! *tailors...* quelle obsession écrasante et énervante! *Tailors! tailors!*

LA BOULANGÈRE

Celle qu'on voit chaque jour avec plaisir — mince comme une allumette, mais forte

comme un taureau — déposer ses flûtes ou son pain riche à la porte...

PAGE D'ALBUM

LE BOIS

Dix heures. — Des maquignons ensaucissonnés dans leurs couvertures, huchés sur le siège de leur grand *diable* dressent leurs pouliches, les mettent au trot et les rassemblent pour les faire remarquer des amateurs. Les hommes, en vestons courts et chapeaux mous, les femmes, en toilettes simples, arpentent l'avenue du Bois; ceux-là à grandes enjambées et en balançant leurs bras, comme pour faucher devant eux, celles-ci s'avançant à petits pas, la mine fûtée, les mains dans les poches, en garçon!

L'allée des cavaliers s'emplit de vieux ou de jeunes, gros, ronds, obèses, secs, minces ou fluets, en bottes ou en guêtres, avec le pantalon de velours à côtes. Les officiers, plus mâtineux, ont déjà fait le tour du Bois, plus loin que la Potinière, et remontent l'avenue, au pas, avec leurs costumes de diverses nuances, leurs uniformes brillants, leurs képis bien enfoncés derrière la tête.

Les voitures de toutes formes : *araignées, boggys, charrettes anglaises* et *phaétons,* sillonnent la chaussée ; les chiens jappent, escortent leurs maîtres. Caniches frisés et bull-dogs sautent, gambadent et s'acharnent les uns après les autres au milieu des pelouses.

Des amazones reviennent lentement en

leur coupé hermétiquement clos, pour ne pas attraper de refroidissement, après les longues chevauchées qu'elles ont faites en suivant l'allée des Poteaux. Serrées dans leur corsage mince, elles passent, discrètes, enfouies dans la soie de leur voiture capitonnée et chaude.

Onze heures. — Les chaises alignées à l'entrée de l'avenue, près de l'Arc de l'Étoile, sont occupées par la foule des décavés, des rastaquouères et des femmes « en dèche » qui viennent admirer les fortunés d'une

heure et médire de leur prochain, tourner en ridicule l'équipage du comte Y..., admirer les allures du cob de M. Z... ou critiquer les toilettes de la belle madame X...

C'est un papotage continuel couvert par le roulement des voitures. Un bruit de volière sous les marronniers feuillés! C'est aussi une jolie exposition vivante de minois chiffonnés, bruns ou blonds, qui vous toisent d'un coup d'œil, vous détaillent tout entier — les pieds surtout ! Un pantalon étroit et court, des bottines longues et minces avec un bout pointu et des talons plats, étaient, paraît-il, le suprême du bon genre... Quelle est la mode aujourd'hui ? Quelle sera celle de demain ?... Tout passe et repasse, roule et se déroule.

Midi. — Les rangs se sont éclaircis parmi les habitués de ce club en plein air, parmi la foule des piétons qui remontent l'avenue et les rares cavaliers qui suivent l'allée... Les promeneurs reviennent en tirant la jambe ; les chevaux passent au petit galop de chasse. Puis le vide se fait au Club des Pannés, et l'avenue du Bois devient déserte. La chaleur monte et noie dans une buée d'or les collines du Mont-Valérien qui s'estompent à l'horizon.

Une heure. — Alors l'équipe des balayeurs se disperse, se rend de nouveau maître du terrain. Les tuyaux d'arrosage se déroulent comme de longs serpents, les jets d'eau partent comme des fusées et retombent en pluie fine, en gerbes irisées dans la poussière grise du sol.

Une bonne odeur de terre et de plantes mouillées se répand dans l'air.

Deux heures. — C'est le flot des *nounous* qui s'avance, sous une avalanche de parasols, avec leurs larges rubans ondoyant au vent. Cette armée s'empare des bancs et des chaises, pendant que leurs jeunes nourrissons jouent aux pâtés ou font la guerre. Elle forme l'avant-garde de la foule qui déborde, les uns à pied, les autres en voiture. Familles entières : père, mère, enfants, pêle-mêle dans des voitures de louage. Fortune assise, intelligence bornée, vanité inassouvie! Que de locatis! *Landaus, calè-*

ches, victorias, coupés, ducs, phaétons, défilent avec un vernis craquelé, des capotes douteuses, une doublure usée, des ressorts fatigués, des chevaux poussifs et des cochers d'occasion.

LA VICTORIA

Jeune ménage venu passer sa lune de miel à Paris et qui se fait conduire à Madrid. Toilette claire, chapeau à plume frissonnant, haute forme luisant et pantalon à carreaux. Ni le mari ni la femme n'échangent un mot, un sourire. Ils regardent et semblent croire qu'on les regarde beaucoup. Se figureront rentrés en province qu'on les

a admirés. Cela suffit à leur bonheur! Ont pris une voiture de luxe traînée par des chevaux en bon état mais sans valeur, menés par un cocher en livrée, sans tenue, sans chic, avec de gros souliers lacés au lieu de bottines fines. Quant aux bottes à revers, ils n'ont pas encore visé si haut.

LA CALÈCHE

La belle Frizine passe dans son huit-ressorts élégant. Fringant équipage, chevaux à haute allure, mais dont il ne faut pas

détailler les formes. En général, ne jamais regarder de trop près les choses, car on y trouve le plus souvent de rudes mécomptes. Caisse fraîchement repeinte, banquette en cuir neuf, tapis moelleux sous les pieds... Chaussée de brillants escarpins et de bas à jour. Cocher en culotte courte, en peau de daim... nez cramoisi et ventre *bedonnant*. La suave et capiteuse Frizine est allongée dans sa voiture, étalant les plis de sa robe mousse sur le cuir chamois des coussins. Chapeau crème et ombrelle mauve! On la dirait noyée dans des flots de champagne. On prétend qu'elle s'est vouée à l'armée parce qu'elle adore le général... Public.

LE COUPÉ

Deux amis sont venus à Paris et se sont meublé un appartement, de compte à demi. Prennent leurs repas en commun, fréquentent ensemble les théâtres, sont abonnés à la même voiture de remise et se rendent chaque après-midi à la Cascade, — pour en revenir, le plus souvent, quatre dans le coupé trois-quarts, serrés, pressés, ankylosés. Il fait chaud dans cette voiture. Les glaces sont naturellement baissées et les stores aussi. Une grande jument efflanquée traîne cette voiture de pannés. Elle a eu des jambes, mais n'a plus de cœur. On finira sa soirée

par un petit bac de famille, ce qui est une autre façon de se faire rouler.

LE PHAÉTON

Cheveux blonds et lisses, raie au milieu ; front large, mais tête creuse. Est tailleur, bottier ou chemisier de son état. A un grand *phaéton* à sa porte pour faire croire qu'il a des clients. Ce n'est qu'une enseigne. Le cheval s'étire, s'arc-boute presque comme un pur-sang de race. N'est qu'une bête vannée connaissant bien la police des files. Le

groom sanglé dans sa tenue vert-bouteille lui martyrise les jambes à coups de talon de bottes pour qu'il se cambre comme un cheval de prix. Harnais verni, bouclerie de cuivre... qui n'éblouissent cependant personne. Lorsque ce bottier ou ce tailleur monte sur le siège, il voudrait paraître. Lorsqu'il prend en main les rênes, son attitude raide et compassée le rend grotesque. Grave, sans correction, il conduit, les pouces à hauteur du nez. Passe inaperçu et ne réussit qu'à éclabousser sa clientèle qui le *lâche*. Cela n'est pas le moyen de s'en faire une.

LE DUC

Voiture basse, garde-crotte énorme, cheval gigantesque, le tout confié à des gens

inexpérimentés ou naïfs, à des collégiens en vacances pour que, si le cheval est rétif et que le véhicule verse, que celui-ci se brise, que l'autre s'emballe et se couronne, le jeune amateur paie la casse et ne se démolisse pas les reins. Voiture sans strapontin ni siège derrière pour qu'il ne soit pas tenté de réclamer un garçon. Part seul, maîtrise mal la bête vicieuse, renverse tout devant lui, écrase des enfants et revient avec un procès-verbal dressé contre le propriétaire, qu'il paiera à son lieu et place. Total : 6000 francs de dépense pour une journée de contrariété et d'émotion. Jure ses grands dieux qu'on ne l'y reprendra plus.

*
* *

Il y a bien d'autres voitures que nos voisins n'ont pas encore importé chez nous, telles que la *vigilante*, le *brougham*, le *corricolo*.

Le *cab*, plus heureux, a passé la Manche. C'est un cadeau de la perfide Albion. On connaît la définition de ce véhicule ?... « Le *cab* est une voiture ainsi faite que, de l'intérieur, le supérieur ne voit pas le postérieur de l'inférieur qui est à l'extérieur. »

Un homme très *selected*, prétendent les élégants, ne dira jamais de nos jours un *cab*, mais un *hansom*.

Il y a quelques années, on remarquait en-

core à Paris de magnifiques équipages alliant le bon goût français à la correction anglaise. En 1879, l'attelage des mules du marquis de L... était à noter et le *troïka* du prince de X... faisait retourner la tête.

Mais la génération actuelle abuse trop du

village-cart, du *buggy*, du *spidder*. Noms baroques s'il en fut et qu'on s'attache à introduire dans notre langage courant!

Le bois ciré ou verni est par trop rustique à Paris. Cette implantation chez nous est mesquine. C'est égal : la jeune gomme se fait voiturer fiévreusement. Partout voitures à volonté... qu'on ne trouve jamais quand on en a le plus besoin, car c'est à la volonté du loueur.

C'est un roulement général mais banal, uniforme et sans cachet. On voit de haut! Mais plus de quatre chevaux attelés en Daumont, avec casaque claire et toque éclatante. Finie l'élégance! On ne roule plus sur l'or, mais sur le rail.

C'est l'âge de fer qui règne!

LA CROIX-DE-BERNY

LA CROIX-DE-BERNY

La piste de Berny est située derrière Fontenay-aux-Roses. Un joli emplacement ! Derrière Sceaux et au milieu des riants coteaux de la vallée de la Bièvre !

Ces courses n'ont lieu qu'une fois par an : le mardi de Pâques ; c'est comme une première au théâtre qui n'aurait ni répétition générale ni représentation suivante.

L'endroit des courses fut choisi, en 1834, par une société de *gentlemen-riders*, qui y inaugurèrent les premiers steeples de France et de là, l'administration des haras des Pins les étendit, vers 1851, en les multipliant à Auteuil, à Vincennes.

Le succès de l'hippodrome de Berny grandit très vite. Plusieurs chutes de *Guitare*, au duc d'Orléans, mirent aussitôt ces steeples à la mode. Et, en 1839, lord Seymour y présenta son célèbre cheval *Barcha*.

Autrefois le rassemblement des voitures, au départ, avait lieu au Cours-la-Reine, mais l'usage s'en est à peu près perdu.

Chacun maintenant file droit vers le but, sans venir prendre rang derrière les mails, alignés sur le Cours ou devant le Cercle de la rue Royale. On se comptait alors. Les équipages revernis et les livrées remises à neuf présentaient un coup d'œil agréable.

Un assaut de toilettes féminines réjouissait les yeux des sportsmen. Puis, fouette, cocher! En route pour la Croix!...

Sur le chemin, ce flot d'élégance rencontrait 6 ou 7000 personnes entassées dans des breacks et des chars à bancs. Plus de 500 voitures suivaient à la file; ici, de vieilles cahotantes; là, d'antiques guimbardes, traînées par des *carcans* n'ayant guère que les os et la peau.

Toute cette affluence forme un brouhaha ininterrompu, produit un roulement étourdissant jusqu'à la porte d'Orléans. Les chevaux y arrivent au pas, puis ils reprennent leur allure rapide sur la grande voie mal pavée. Ce sont des soubresauts et des secousses à n'en plus finir! Des petits cris d'épouvante s'échappent, et des nuages de poussière s'élèvent en tourbillons. Les cochers lancent dans cette mêlée leurs rossinantes au galop. C'est comme une course avant la lettre. La course des chars! Mais ça manque de romains.

L'avalanche roule, passe, déverse sans verser, en roulant toujours. Les voitures glissent, volent, disparaissent en rasant la terre. Plus on approche du but et plus la vitesse augmente.

Les fiacres atteignent même une allure vertigineuse.

Puis, au milieu de cette confusion, on distingue un pan de robe, un bout de jupon, un pantalon rouge. L'œil perçoit ce fouillis et toutes les couleurs se mêlent rapides. Un rayon de soleil passe comme une flèche sur le vernis de quelques harnais ou reste accroché à quelques cuivres de la bouclerie. Un reflet brillant enveloppe la robe luisante des bêtes de prix. Tout s'efface ensuite, pour s'engouffrer sur la piste et se répandre au milieu du champ de courses.

Alors arrivent péniblement, cahin-caha, trébuchant et oscillant les omnibus où les places sont à bas prix. Des palefreniers les conduisent. On voit défiler de vieux fiacres à galeries, rôdeurs de nuit et de barrière, des carrioles à la remorque d'ânes épuisés de fatigues, portant bas l'oreille.

On voit circuler, au milieu de ce flot torrentiel, des voitures chargées de gros moellons de pierres ou de monceaux de fumiers que mènent lentement de forts chevaux de trait, dont les pas pesants ont de sourds retentissements, coupés par les : « Hue! ha! Dio! » des charretiers ivres.

Toute cette fourmilière se noie dans des rasades de champagne, tandis que les coureurs de ce *cross-country* roulent dans la poussière à plus d'un obstacle naturel.

Le bruit s'apaise, les langues s'aiguisent au milieu de cette réunion champêtre.

Les femmes deviennent plus jolies, les hommes plus fringants dans ce cadre si pittoresque.

Et le retour s'opère à fond de train jusqu'à la Concorde.

Là, les clans se divisent.

Le tout-Berny se sépare. On va dîner.

On soupera ensuite et l'on roulera encore sa bosse.

LA MARCHE

Chaque année, au mois de mai, c'est la

coutume. Les *mail-coaches,* qui doivent se rendre à la Marche, fixent leur lieu de réunion derrière le Palais de l'Industrie ou sur la place de la Concorde. Ils y arrivent vers une heure. De joyeux éclats de trompettes réveillent les échos. Ce long instrument en cuivre semble être la trompette de quelque Renommée moderne.

Voici le premier mail qui débouche des Champs-Élysées. On reconnaît tout de suite les divers mails, les *mailes*, répètent les personnes mal informées, et mieux les *côches*, disent les véritables gens de *spôort*.

Le premier est le mail de M. de la Haye-Jousselin, berline vert foncé, au train rouge, attelage très élégant et d'une parfaite correction.

Le deuxième est le grand mail, à train bas, caisse noire et roues bleu foncé, du prince Troubetskoï, qui conduit ses chevaux en *damier*.

Le troisième est la berline jaune, à train rouge, du marquis de Monteynard. Les chevaux sont bien appareillés et marchent haut.

Le quatrième, du comte Serge de Morny, est brun. Le train est également rouge. Les quatre chevaux sont superbes; livrée très correcte.

Voilà une berline noire et vert-olive, au train rouge, à M. O. Gallice, qui mène avec autant de sûreté que d'audace; une autre jaune aux roues bleues, appartenant au vicomte de Gironde; ici un attelage, caisse bleu foncé et train jaune-paille, au général comte Friant; puis une caisse jaune, train rouge, à M. de Beauregard; une admirable berline jaune, roues bleues, au comte Potocki et un grand mail bleu à la duchesse d'Uzès; une belle caisse noire, train pareil, au comte A. de Carcaradec. Remarquons encore les *coachs* : noirs, à train orange, du comte de Maulde, bleu, à train rouge, du prince Murat, du marquis du Bourg ainsi que du comte Gudin; ceux du comte d'Arlincourt ou de M. Puissant d'Agimont, varient seulement par la couleur du train. Citons enfin, au hasard, les caisses bleues, rouges, jaunes, olivâtres de

M. L. Lambert, du comte Gramont d'Aster, du comte Maurice d'Amilly, de MM. Pignatel, Schneider et Bischoffsheim.

Toutes ces somptueuses voitures sont chargées de gens qui ont pris place sur les banquettes. On rit, on s'amuse, on hèle les amis au passage. Un gai flafla retentit, et la file des voitures se déroule. De-ci et de-là, les toilettes claires des femmes jettent une note gaie. On dirait un parterre de jolies fleurs au milieu des habits sombres. Tous ces mails prennent la direction de la belle route de Suresnes, à travers le Bois, serpentent autour du Mont-Valérien pour arriver ensuite à la Marche par des prairies verdoyantes.

Le *mail-coach* est un type, pour ainsi dire, national en Angleterre.

Il a été importé chez nous en 1867, et ce n'est qu'à partir de cette époque qu'il est devenu le complément obligé d'une grande existence sportive. On l'appelle aussi *four*

Paris qui Roule, par GEORGE BASTARD.

MAIL-COACH ANGLAIS

in hands, quatre dans la main. C'est en effet la vie à grandes guides.

On sait comment il est construit... Il a la forme d'une berline et il est muni de deux coffres placés à l'avant et à l'arrière; sur l'impériale est un troisième coffre, de forme pyramidale, appelé « lunch ». Quatre sièges : deux sur le lunch, un sur chaque coffre, celui de l'arrière s'appelle siège des domestiques, bien que les domestiques doivent être logés à l'intérieur de la berline.

Le siège de devant est destiné au cocher avec quelques places à côté pour les invités. Dans un *mail* bien aménagé, il y a des planchettes qui se déplacent sur le lunch et le siège de devant, en forme de table, sur lesquelles on peut manger ou se tenir debout.

Dehors il y a les palonniers de rechange; il y a le panier de parapluie, des freins et sabots. L'intérieur de la *berline* doit être simple et sans capitonnage, tendu d'étoffe sombre et unie, de préférence en peau de truie !

Au moyen de petites échelles qui se déploient et de marchepieds qui se déroulent, on monte dans l'intérieur et l'on atteint les places supérieures.

Un confortable sévère et sans luxe est nécessaire dans ces voitures; mais ce qui importe le plus, c'est l'aménagement des glacières et l'abondance de la cantine.

Règle générale : il ne faut pas des timoniers trop éloignés du siège, attelés avec des traits trop longs. En outre, si les chevaux du timon doivent être attelés court, ils doivent être plus grands que les chevaux de volée. Quant aux robes des chevaux, elles peuvent varier si on les dispose en damiers, mais il est préférable de les rechercher pareilles.

Paris qui Roule, par GEORGE BASTARD.

LE GRAND PRIX DE PARIS

LE GRAND PRIX

Dès le matin, la foule descend des hauteurs de la place de l'Étoile et se dirige, en suivant l'avenue du Bois, vers la pelouse de Longchamps, avec des victuailles au bras, des bouteilles dans les poches, des pains sur la tête.

Les uns traînent leurs marmots par la main ou les roulent dans une petite voiture. On s'installe sous les arbres; on étale les vivres sur l'herbe et les journáux servent de nappe ou de serviette. Puis une courte sieste succède à ce repas en plein air, jusqu'à l'heure où le roulement des voitures réveille les endormis.

Oh! ce flot de voitures semble un torrent qui bouillonne dans une poussière aveuglante! *Fiacres, landaus, mails, chars à bancs, tapissières, victorias, phaétons* passent rapidement, emportés vers le même but, sur le turf, où maintes femmes galantes égrènent mille sujets de conversation, comme celles-ci recueillies au vol, pendant les courses :

— Tiens, voilà Criquette...

— Cette pauvre fille! L'as-tu vue?

— Quelle dèche elle bat, hein! N'a plus de voiture...

— C'est Amanda qui lui a prêté cinq louis.

— A-t-on une idée d'une pareille débine!

— Elle est pourtant encore jolie?...

— Bast! elle reviendra à flot.

— Si les fonds sont en baisse, ils remonteront.

— C'est égal! le petit Alcibiade qui voulait lui payer un hôtel s'en est allé dans ses terres, pour se mettre au vert... Tu ne le savais pas ?

— Mais, ma chère, il a attrapé une culotte au cercle et il est parti !

— Au bout du fossé la culbute !...

— Tiens, mais non, le voilà sur un grand *dog-cart*, flambant neuf ? Valet de pied, armoiries. Tout y est. Il règne maintenant. On dirait un boyard...

Les cochers ne sont pas moins grotesques avec leurs livrées invraisemblables, trop larges, trop longues, couvertes de graisse, et leurs figures joufflues de garçons d'estaminet. Les jeunes gommeux n'en sont pas moins ridicules avec leur prétention de parler courses, chevaux, sport, et de parier pour l'*outsider* ou le favori, contre le champ ou contre l'écurie...

Deux heures. — Viennent les retardataires dans des voitures-réclames ou des véhicules sans nom, — bourgeois naïfs entassés pêle-mêle. Les cochers qui les mènent sont aussi mal. Relation directe. Cette harmonie existe même entre le cheval et le cocher. On dirait que quelque loi d'ordre naturel préside à ces assemblages.

Cinq heures. — Le prix de 100 000 francs est gagné. C'est l'heure du reflux. Dix mille personnes et cinq mille voitures refranchissent la grille du Bois. Il y a foule dans les allées, sur l'avenue, pour voir ce retour. A Madrid, à la Cascade, au Pavillon Chinois, il n'y a pas une place à prendre.

Le flot des voitures se déroule sur six rangs, pressés, compacts.

Ce défilé a lieu au pas. Les curieux ont force occasion d'admirer la toilette des femmes. Parmi celles-ci, la plus grande variété s'épanouit dans des toilettes invraisemblables. Toutes les catégories se succèdent.

La vraie, la grande dame, a des toilettes sobres sans falbalas extraordinaires ; elle s'efface à moitié et sa discrétion trahit son origine.

La femme de second ordre se montre plus complaisamment. Elle se fait surtout remarquer par la richesse de ses toilettes et le luxe de son équipage. Tout est neuf ! Elle trône au milieu de cette munificence.

La femme vulgaire s'affiche. Toilette esbroufante, livrée tapageuse. Elle recherche de préférence les nuances criardes, les couleurs voyantes. Des diamants brillent à ses oreilles. Elle s'allonge et se rengorge, montrant ses splendeurs éblouissantes et quelquefois... sa beauté plantureuse.

La cocotte n'est jamais seule. Elle a toujours une ou un *ami*. Un kings-charles est pelotonné en boule à ses pieds ; deux solitaires pendent à ses oreilles. Les pierres ne sont pas souvent d'une très belle eau. On dit qu'elles ont des *crapauds*. Qu'importe !

L'effet est le même. Cheveux ébouriffés, coiffure extravagante, manches courtes, teint blafard, joues plâtrées, yeux noircis, lèvres carminées... Ce n'est pas un visage de femme, c'est une palette de peinture.

Maintenant nous arrivons au menu fretin. Après les voitures de remise, voilà les voitures numérotées : la victoria ou le coupé. Des demoiselles de magasin ou des femmes de chambre se prélassent au fond de ces véhicules. En trois coups de ciseaux, l'une s'est taillé une robe cousue de fil blanc; l'autre a tout simplement emprunté sa toilette à la garde-robe de madame. Des garçons de rayon ou des commis en nouveauté les accompagnent et leur servent de cavaliers servants. Dans une autre voiture de place, on pourrait reconnaître un chef de cuisine ou le cocher de la maison qui a prétexté devant ses maîtres : que ses chevaux boitaient et ne pouvaient pas sortir, pour aller faire une partie à quatre.

Enfin, pour clôturer le tout, on voit surgir une voiture de boulanger transformée en américaine. Le couvercle a été démonté; on a posé des banquettes, sur lesquelles est assise la patronne au milieu de ses mitrons. La porteuse de pains conduit le char.

Puis, au milieu de toute cette cohue, on distingue un tas d'hommes à monocle ou à lorgnon, des jeunes gens à la mode avec les jumelles en bandoulière sur le thorax, ou des personnages au ventre proéminent, à la figure colorée ou parcheminée, gonflée comme un ballon d'enfant.

Ici des chapeaux de feutre mou, là des chapeaux de soie à haute forme, partout des boutonnières fleuries, ornées de rosettes, avec des cartes multicolores : de pesage, de tribunes, qui voltigent au vent.

Cohue indescriptible, où le banqueroutier coudoie l'honnête bourgeois, où le financier véreux frôle le millionnaire. Purée de besoigneux et de richards. On voit aussi défiler des pères squelettes, des mères colosses, des jeunes filles sèches et maigres, des jeunes gens gros et gras, des bébés à la mamelle ou des collégiens le cigare à la bouche.

On distingue, dans la foule, de jeunes ménages provinciaux qui sont venus exhiber des toilettes claires et des costumes beurre frais. Ni le mari ni la femme n'aiment les courses; ils n'y connaissent rien d'ailleurs. Ils y viennent par genre. Après avoir piétiné toute la journée sur le turf, avalé beaucoup de poussière et fondu au soleil, ils iront le soir dans un restaurant à la mode. Bousculés et mal servis, ils se lèveront avant d'avoir fini, pour se rendre dans une loge au théâtre, où ils dormiront une partie de la soirée. Ils souperont pour réparer le dîner mal terminé, rentreront harassés à l'hôtel, se lèveront tard le lendemain, manqueront le train et enverront une dépêche aux grands-parents, avec prière de ne pas s'inquiéter. Rentrés dans leur bonne ville, ils raconteront avec emphase qu'ils n'avaient jamais pris autant de plaisir durant leur vie.

Les pannés s'en iront dîner au « Bouillon Duval », rue Montesquieu, et finiront leur soirée à l'Éden ou dans un café chantant des Champs-Élysées.

Et la multitude s'écoule par toutes les issues du Bois, le flot des voitures remonte l'avenue, la foule des promeneurs se dissipe comme un nuage. Des bribes flottent. Plus rien, l'avenue devient déserte, la nuit jette son voile et des guirlandes de gaz flamboient. Des cris retentissent. Plus rien... La nature entière se plonge dans le sommeil... Et cependant tout roule dans l'Univers. Les astres gravitent autour du globe et la pièce de cent sous roule dans Paris.

Ville auguste, cerveau du monde, orgueil de l'homme,
Ruche immortelle des esprits,
Phare allumé dans l'ombre où sont Athène et Rome,
Astre des nations, Paris!

LECONTE DE LISLE.

Tout roule dans Paris. Nous voyons, en image, la Fortune aveugle roulant sur un monocycle ailé, et nous croyons apercevoir dans la foule des gens en bicycles, en tricycles, qui courent derrière elle pour l'attraper. L'origine de tous ces cycles, avec leurs barres d'acier poli, remonte aux premiers vélocipèdes de 1818, que Charles Monselet mit en vers fantaisistes :

Instrument raide
En fer battu,
Qui dépossède
Le char tortu ;

Vélocipède,
Rail impromptu,
Fils d'Archimède,
D'où nous viens-tu?

Devant le tombeau de l'Empereur, passe lentement, mue par un truc, une petite voi-

ture... Saluons! car elle porte la Gloire, c'est la voiture de l'Invalide.

Plus haut, du côté de Montmartre, nous trouvons un cul-de-jatte qui attend paisiblement son tour sur le trottoir, pour prendre place dans l'omnibus jaune de Batignolles-Odéon. Voilà le volumineux véhicule qui dévale par l'avenue de Clichy, au trot cadencé de ses solides limousins, tandis que l'infirme se traîne à sa

rencontre, avec l'aide de ses deux battoirs. Tous deux s'arrêtent, le remous se produisant à l'arrière comme dans le sillage d'un vaisseau, tandis que les trois forts chevaux suant, haletant, s'ébrouant, disparaissent dans un bain de vapeur, qui monte en nuage d'encens au nez du cocher.

— Deux places en bas et deux en l'*air*,

déclare le receveur en ajustant ses manches de lustrine.

Et le cul-de-jatte s'avance au milieu du groupe, sort des jambes de la foule impatiente, pour se hisser sur la plate-forme.

— Complet partout, s'écrie le receveur, en tirant le cordon du char, qui dégringole à tour de roues sur la pente de Notre-Dame de Lorette, croisant les fiacres délabrés, avec leurs haridelles épuisées, ainsi que les omnibus de pensionnat pour garçons et demoiselles.

Une corne aiguë se fait entendre. A cet appel de cuivre, un jeune écolier, sac au dos, se montre dans l'embrasure d'une porte cochère et sa silhouette disparaît bientôt confondue au milieu des potaches réunis. Soudain la portière claque et la charretée de *gosses* s'ébranle parmi les mille cris discordants de la rue : rétameurs de casseroles, raccommodeurs de porcelaine ou

rempailleurs de chaises. Deux camarades causent ensemble; l'un d'eux dit :

— Sapristi, par ce froid, je ne voudrais pas être cheval. Après tout, ajoute-t-il, je le serai peut-être un jour, si l'on doit croire à la métempsycose.

Le plus jeune, ignorant le sens précis de ce mot et le confondant avec un autre, se penche alors vers le surveillant et lui pose cette question :

— Qu'était donc Ovide... puisqu'on parle toujours des métamorphoses d'Ovide?

De nombreux tramways poussent, d'une conque invisible, de sourds grognements, pour faire ranger : les larges camions chargés de caisses qui s'ébranlent lourdement, les longs haquets sur lesquels s'échafaudent d'énormes ballots en équilibre, les pesants fardiers où s'entassent des blocs de pierres s'élevant en pyramide fragile, sous forme de cubes colossaux qui semblent les dés à jouer de quelque géant fabuleux... Ces nombreux tramways, dis-je, sillonnent les rues en tous sens avec des craquements de bois, des grincements de fer qui, rampant sur le sol et se répandant dans l'air, amalgamés pêle-mêle ensemble, se confondent dans un roulement perpétuel pour grossir la voix de la Sirène parisienne.

Tout ce filet de rails, jeté à la surface de Paris, recouvre une étendue de 200 kilomètres environ, sur lesquels roulent, en sonnant du cornet à bouquin comme au milieu d'une meute affolée qui s'agite, les tramways du Louvre, de la Muette, de la Madeleine...

Plusieurs tramways électriques ont été récemment inaugurés, pour desservir ce dernier point et la banlieue de Courbevoie. Ils glissent doucement sur le rail métallique, sans le piétinement rythmé et fatigant du sabot des chevaux sur le pavé.

Ils laissent loin derrière eux, par leur progrès, les premiers tramways établis, en 1853, de la Concorde à Passy. Plus de vingt ans après, le 12 avril 1876, fonctionnèrent les tramways de l'Étoile-Montparnasse qui correspondaient, le 9 août de la même année, avec ceux de la Bastille.

D'après une statistique [1] faite en 1886,

1. *Les Merveilles de la locomotion*, par DEHARME.

il est reconnu que les tramways de la compagnie des Omnibus ont franchi en moyenne : 90 kilomètres par jour, et transporté : 75 278 068 voyageurs, soit 200 761 par jour, 789 par voiture, 53 par course.

La compagnie générale des Omnibus en a voituré, pendant la même année : 191 517 763, et la compagnie des Tramways Nord et Sud 49 639 131.

*
* *

Le mouvement annuel des voyageurs dans les grandes gares de Paris a été aussi considérable. Que l'on compare l'affluence actuelle avec l'opposition systématique des débuts ! La création des chemins de fer en France s'étendit de 1835 à 1850. M. Thiers lui-même ne voulut pas croire à leur succès. La première voie relia Paris avec Saint-Germain, qui compte aujourd'hui cinquante trains montants et descendants. Le nombre des voyageurs, moitié partants et

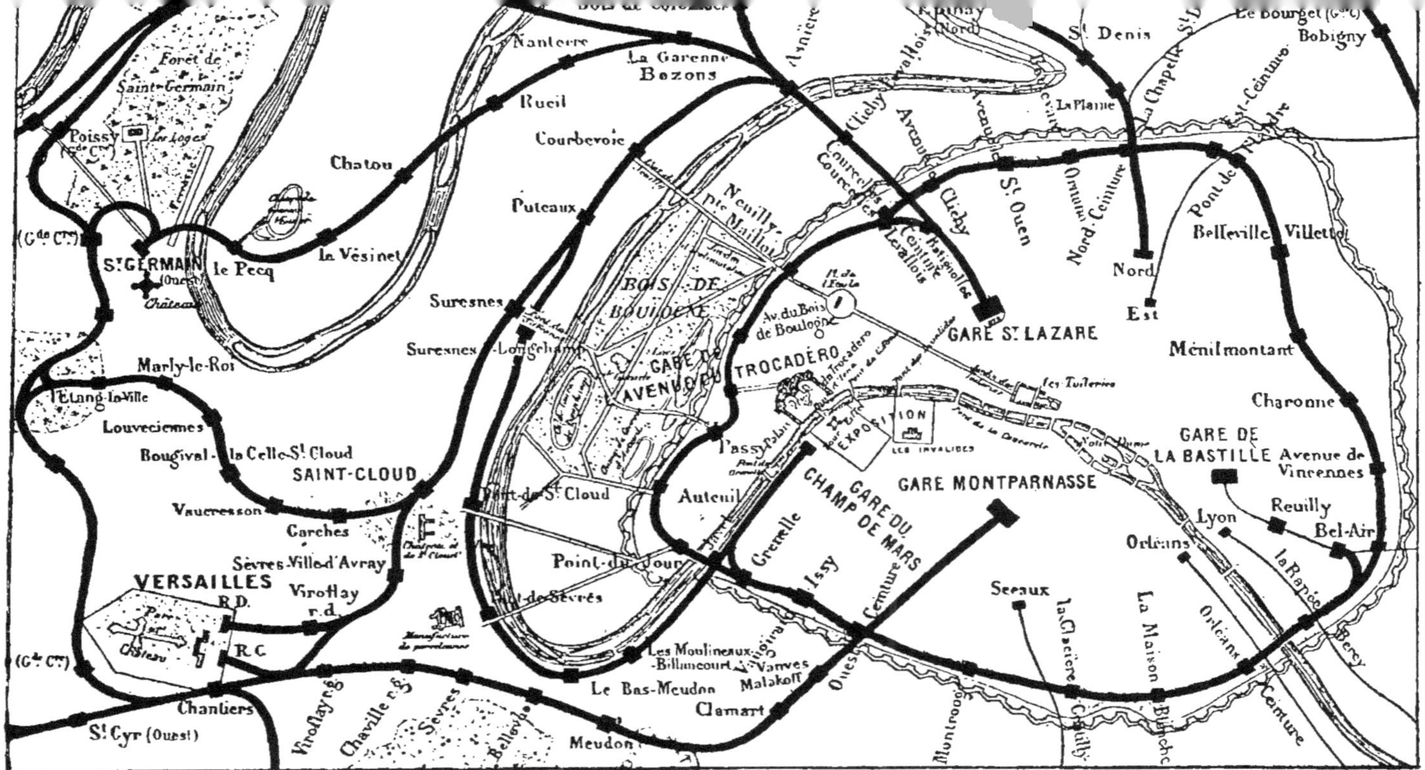

Paris qui Roule, par George Bastard

LA PETITE ET LA GRANDE CEINTURE

moitié arrivants, fut de 62 millions pendant l'année 1886; pour la ligne de Ceinture seulement, il a été de : 31 149751.

Les trains quittant Saint-Lazare et s'ar-

rêtant à Auteuil, pendant la période estivale de 1889 (depuis cinq heures du matin jusqu'à plus de minuit), sont à peu près de 200 par jour, aller et retour compris.

La moitié de ce chiffre environ se rend au

Champ-de-Mars, sans préjudice des trains supplémentaires organisés les dimanches et fêtes, indépendamment des 75 trains qui se forment à Courcelles ou à Auteuil, ainsi que des 90 trains qui se créent : d'une part à Belleville et de l'autre à Ménilmontant pour le Champ-de-Mars; ce qui, par jour, représente plus de 360 trains longeant nos fortifications (1840) sur un périmètre de 31 kilomètres qui avait, sous Louis XVI, 28 kilomètres de circuit.

L'enceinte actuelle, dont on peut faire le tour complet en moins de deux heures, comprend 26 stations qui mettent en communication différents points.

Désignons notamment la Porte-Maillot se reliant avec le Jardin d'Acclimatation par deux tramways-miniatures qui, au nombre de 64, sur un trajet de 1800 mètres, peuvent transporter huit voyageurs toutes les trois minutes.

A la gare du Trocadéro, on trouve les

tramways « à vapeur concentrée » qui, en parcourant l'avenue Henri-Martin, réunissent la Ceinture avec l'Exposition universelle.

Tout le monde en voiture.
Pour Auteuil et Ceinture !...

Les trains directs, quittant la gare Saint-Lazare, bifurquent à Grenelle pour aller jusqu'à l'Exposition, où les voyageurs, partis des points les plus éloignés du réseau de l'Ouest, peuvent débarquer sans changer de wagon.

Toujours amusantes ces gares avec leur aspect grouillant de monde bariolé... Souvent intéressantes à considérer les réclames illustrées que des esprits espiègles transforment, avec un crayon, en caricatures fantaisistes. Parfois instructifs les annonces des magasins ou les avis de la compagnie : « A dater de l'ouverture de la ligne de Puteaux au Champ-de-Mars, dit un placard apposé dans une salle d'attente, et pendant la durée de l'Exposition, la gare de Grenelle sera fermée à l'*expédition et à la réception des gadoues*... Ce service sera reporté provisoirement à la gare des Moulineaux-Billancourt, *avec application des tarifs de Grenelle.* »

Et le touriste s'en va rêveur à travers l'Exposition, frôlant des gens qui se heurtent et le bousculent, coudoyé par un public hétérogène où l'élément féminin domine.

Les jambes lasses, le corps brisé, il s'assied dans une de ces chaises *cannées*, aux roues enveloppées d'une bande de caoutchouc, vulgairement appelées *pousse-pousse*, que dirige un homme parmi les méandres inextricables des galeries, au bruit assourdissant des mille machines roulant à la fois.

Et les oreilles abasourdies par ce ronflement continu, il retrouve sur les berges de la Seine un petit chemin de fer « système

Decauville » traîné, dans la direction que suit le fleuve, par une locomotive qui stoppe à l'extrémité de l'esplanade des Invalides.

On se bouscule, on se précipite à la sortie. Au coin du quai d'Orsay, vous rencontrez

une quantité innombrable de véhicules pris d'assaut par la foule : immenses breacks de courses à postillons en livrée bleue, interminables voitures d'agences anglaises qui font visiter la capitale aux étrangers, tapissières démodées dont les conducteurs hèlent les passants d'une voix éraillée, pataches invraisemblables qui ramènent les promeneurs dans le centre de Paris, pour la modique somme de cinquante centimes... au milieu du cri des femmes, du beuglement des hommes, du hennissement des cavales. Vacarme étourdissant, où se mêlent la corne des tramways, le timbre des omnibus, la cloche des bateaux, le sifflet des vapeurs, le tintement joyeux des grelots qui sonnent un frais carillon dans ce concert diabolique.

Pour peu qu'il pleuve, vous avez à redouter une légion de parapluies, dont les baleines pointues vous menacent les yeux, tandis que vos pieds pataugent dans un océan de boue. Les carrosses bourrés de gens, mais non rembourrés de crins, s'éloignent mal suspendus sur leurs essieux, pendant que la houle ondule sous ses riflards inondés d'eau.

Sourd à toute proposition, le cocher de fiacre passe indifférent. Il ne veut point répondre à votre appel désespéré, ou il le fait avec un air solennel, en se penchant pour vous dire d'un ton grave :

— J'peux pas! mon cheval est déferré...

Stratagème employé pour dépister le patron, spoliateur éhonté, qui ose élever le prix du forfait; par ce moyen, il veut l'obliger à baisser son tarif en lui prouvant qu'il ne peut pas gagner sa *matérielle*.

*
* *

Autrefois les cochers opéraient *en conscience*, c'est-à-dire qu'ils donnaient vers le soir tout ce qu'ils avaient gagné dans la journée, en basant approximativement leur recette sur le temps écoulé.

Mais on imagina plus tard, en 1866, d'allouer aux cochers un salaire fixe, en adoptant la *feuille* sur laquelle chacun d'eux consignerait son gain, vérifié par un agent.

Les contrôleurs firent naître quelques abus. Une grève des cochers éclata en 1867. Et les patrons, pour concilier les intérêts, établirent deux modes de travail : à *forfait* ou à la *moyenne*.

Parmi les grandes compagnies, il faut citer : *les Coopératives*, qui, comme l'indique leur nom, prélèvent chaque année la somme nécessaire à leur exploitation, constituent un fonds de réserve et partagent le capital disponible entre les participants.

Mais les principales sociétés : *la Compagnie Générale, l'Urbaine, les Camille, les Paul* procèdent autrement, de trois façons : à la *feuille*, à la *petite* et à la *grande moyenne*.

Les cochers, de la première manière, remettent tous les matins à leur compagnie une *feuille* portant le détail de la veille, contrôlé par un employé. Ils ne versent que le résultat de la journée, moins quatre francs pour leur nourriture et leur pourboire.

Nul cocher n'est soumis à une vérification de comptes pour la *petite moyenne*. Mais il est contraint d'accepter le tarif, fixé suivant la moyenne des *feuilles*, et affiché chaque matin dans les dépôts. Il garde également les pourboires ainsi que les quatre francs.

Enfin la *grande moyenne* ne diffère de celle-ci que par un supplément de 1 fr. 50 payés par le cocher. Moyennant cette augmentation, il a droit à trois chevaux de relais, qui lui permettent de *brûler* les étapes.

Un cocher reçoit par jour, en général, 3 fr. 25 de pourboire, qui fondent dans sa main en menues dépenses à sa charge, pour : les laveurs de voitures au dépôt, les palefreniers de relai dans Paris, les garçons de place aux stations, ainsi que pour leurs assurances contre les accidents, l'achat d'un fouet et l'usure de la mèche, les frais de contravention...

En sorte que si les loueurs ont voulu majorer le forfait, en l'élevant à 24 francs pour la durée de l'Exposition, les cochers ont crié que non seulement ils étaient écorchés vifs, mais dépouillés de leurs *galettes*, selon un terme d'argot. Car la moyenne, pendant la première quinzaine de mai 1878, a été de 21 fr. 10, et celle constatée durant la même période de 1889 a été de 20 fr. 35. D'où il résulte que, pour se rattraper, le cocher est obligé d'exercer son odieuse tyrannie contre le bourgeois, toujours exploité, en exigeant des pourboires insolites.

D'autre part, les compagnies viennent vous déclarer : — Sans doute, ces chiffres pouvaient être exacts à l'ouverture de l'Exposition, mais dans le courant des fêtes ils ne le sont plus et le cocher encaisse des sommes plus importantes. Pourquoi donc m'empêcher de le taxer davantage puisqu'il réalise lui-même des bénéfices très supérieurs? Mon matériel ne va-t-il pas subir une dépréciation énorme pour répondre à un besoin exceptionnel ? Ne serai-je point obligé de le remplacer plus tôt? Les frais de chaque voiture montent à 10, 12 et même 13 francs par jour. N'avons-nous pas à faire face à ces dépenses et à voir figurer dans la balance des comptes de fin d'année les longs mois d'hiver où nous ne gagnons presque rien? Etc., etc.

Le public, on le voit, se trouve pris entre le marteau et l'enclume; d'un côté, le loueur qui pressure l'automédon, lequel, à son tour, s'acharne sur le client qu'il accable d'invectives s'il ne lui a pas fait rendre gorge.

A droite, à gauche, on cherche alors des moyens de conciliation, des voies d'apaisement. Chacun se plaît à découvrir des moyens ingénieux. Les uns proposent de revenir au *manche à gigot* pour indiquer que la voiture est libre, les autres de rendre uniforme le prix de la course et de l'heure, en le calculant au quart d'heure; d'aucuns veulent le fixer, comme en Angleterre, suivant la distance parcourue. On fait même appel au génie des savants, en les priant d'inventer un *compteur horaire* à bon marché.

*
* *

Néanmoins il faut être juste et reconnaître que le métier de cocher est dur. Le sort d'un cocher d'omnibus est plus enviable, non parce qu'il occupe une situation plus élevée sur son siège empaqueté de couvertures, mais parce qu'il a mille tracasseries de moins à subir avec les clients grincheux ou les agents impitoyables. En outre, celui-ci repose quelques heures durant le temps consacré au sommeil, tandis que le cocher de fiacre ne dort jamais. Il va toujours, comme le Juif errant, sous la pluie ou le soleil, par le froid ou par la chaleur.

Aussi voyez sa peau tannée ou boursouflée en été, son visage bleui et ses mains gercées par l'hiver !

Des fiacres jaunes, verts, noirs, s'alignent en bordure comme les grains de quelque chapelet fantastique déroulé le long du trottoir. Il va s'égrener tout à l'heure sous la main de quelque profane outrecuidant, qui réveillera en sursaut l'homme endormi dans son rêve. Que peut faire un cocher sur son siège si ce n'est de rêver ?

Osseux et maigre, son *carcan,* jambes raides et cou tendu, plonge sa tête dans un ruisseau, qui s'échappe à gros bouillons clairs, par l'orifice d'un robinet, et coule en charriant mille ordures renflouées sur son passage.

Ce jet limpide, noyant dans son cristal tous ces débris agglutinés, délaie le noir cirage de sabots poussiéreux ou la couche de vase adhérant aux roues; il se change en un torrent boueux qui continue son cours jaune et sale...

En effet, tout à coup, il se rompt une maille de cette chaîne, dont les anneaux ne vont pas tarder à se ressouder.

— Cocher! s'écrie un malin, qui saute en voiture dans le quartier Monceau et réclame au cocher un bulletin numéroté : A la gare d'Orléans... doucement, je vous prie, et pas de cahot, car je suis malade... Le cocher fait la grimace... — Ah! j'oubliais de vous prévenir, fait-il en se ravisant plus tard, que je ne donne jamais de pourboire. — Le cocher se retourne furieux; mais comme notre homme ne sourcille pas, il exhale sa bile sur sa bête qu'il fouaille à tour de bras. Notre homme ne bronche pas davantage. Il atteint ainsi le but indiqué, plus vite que d'ordinaire. Se départant alors du flegme qu'il avait gardé, il descend et remet le prix de la course au cocher en lui disant, avec un grand éclat de rire :

— Ça ne rate jamais !...

Aussitôt creusé, le vide de la station a été effectivement comblé, car mues comme par un ressort, les bêtes au repos ont reformé la file, d'un mouvement automatique; elles reprennent leurs postures alanguies et somnolentes de victimes vouées aux sacrifices barbares des humains.

Oui, à quoi peuvent bien songer leurs maîtres !... affectant des poses diverses, énigmatiques comme des sphinx, accroupis sur leur édifice roulant !

Leur trogne, émaciée et anguleuse ou bouffie et vermillonnée, apparaît dans l'encadrement d'une barbe inculte, qui déborde sur un gilet cramoisi, tacheté de graisse, s'étalant lui-même sur un abdomen proéminent.

Le nez bourgeonné s'épanouit au milieu d'un visage rubicond, coiffé d'un noir chapeau en cuir, brillant comme du jais, ou d'un haut de forme qu'on jurerait un flacon de porcelaine blanche, alignée comme les petits bocaux d'une pharmacie. Sous des rayons caniculaires, trop cuisants, vous verrez ce chevalier du fouet déposer son couvre-chef sur la lanterne de sa voiture et arborer un *bombayos* en paille de vrai propriétaire.

Tantôt leur vaste corpulence, enserrée dans un habit brun trop étroit, tantôt leur torse étique, enfermé dans une livrée bleue trop ample, s'arrondit ou s'étire. Leurs jambes, emprisonnées dans des pantalons, couleur mastic ou chocolat, s'allongent comme deux flûtes enveloppées de leur gaine, avec chaque extrémité chaussée, en hiver : de chaudes galoches, pour empêcher les engelures causées par le froid, en été : de larges pantoufles, pour éviter les cors aux pieds.

Certes, à quoi peut être bon un cocher au repos, si ce n'est à tresser la mèche de son fouet ou à faire boire *Bichette?* On le voit fourbir, astiquer, épousseter, il est vrai. Mais les passions troublantes du cerveau s'agitent-elles dans son crâne congestionné? S'échauffent-elles sous son chapeau ciré, vernissé, craquelé, bosselé, comme elles tourbillonnent chez le commun des mortels?

Pense-t-il à la femme élégante qui l'a interpellé d'une voix si douce et regardé d'un œil si fripon, en lui jetant une adresse équivoque, pour lui remettre, à la fin de sa course, d'une main finement gantée le tribut de sa peine?... Fait-il en cet instant un rapprochement involontaire et compare-t-il cette jolie personne si parfumée avec sa promise, aux mains rougeaudes, restée au village? Établit-il un parallèle fâcheux entre le teint couperosé de Mélanie, cette payse à la taille épaisse, et la peau si veloutée de cette svelte Parisienne? Tandis que ces folles idées s'entre-croisent dans le cerveau grisé du jeune gars, un vétéran du métier s'approche, en déplorant le triste sort qui ne lui fait pas trouver une fortune, oubliée sur les coussins de sa voiture par un millionnaire d'occasion. Mais comme le néophyte n'est pas prolixe, il s'adresse à un autre :

— Es-tu amoureux aussi, toi, fainéant ?

— Quasiment.

— A quand la noce ?

— Pas encore.

— Le père consent ?

— Oui, mais c'est la mère qui ne veut pas.

— Pas de toi ? Un gars solide !... Elle fait sa fière. Qu'est-elle donc ?

— Cuisinière.

— Et la fille ?

— Modiste, du côté de la Porte Saint-Martin.

— Un beau brin ?

— Oh ! chouette !... Mais je ne la lâcherai point.

— J'te crois.

— N'importe! J'attendrai...

Et l'entretien s'achève sur ce ton, en s'étendant sur les détails de la première rencontre à une terrasse d'estaminet. Ils ont fait connaissance ensemble, serviette au cou, assis contre une petite table extérieure sur un tabouret de paille, lui : trempant des asperges en branche dans une sauce vinaigrette, elle : écrasant des fraises des bois sur une assiette saupoudrée de sucre.

Un maladroit vient interrompre ce court dialogue. D'un air maussade, le jeune cocher ramène son tablier de cuir et ramasse ses guides. Saisissant alors son fouet qu'il applique d'un coup vigoureux sur l'échine de son cheval, il part. Parfois, il brandit son fouet comme un dextrochère secouant la foudre. Il est de fait que, grimpé sur ce trône, il peut se croire le roi du monde, placé par la divine Providence entre le plus noble, d'après Buffon, et le plus sot animal, selon Boileau.

Physiologie curieuse à faire que celle du cocher, hissé sur ce char symbolique, qui suivant la main qui le dirige devient char de l'État. De sa place, comme d'un pavois élevé, l'automédon domine la foule qui s'agite à ses pieds. Première cause de supériorité, car le piéton est évidemment de condition inférieure à lui qui se fait traîner. En quelques lentes foulées, son bucéphale a dépassé les hommes qui marchaient à longues enjambées. Nouvel état de supériorité, incontestable cette fois. Il se croit dès lors appelé à exercer une mission souveraine sur la terre, à remplir sans doute parmi l'humanité un rôle de sauveur. Voilà donc sa profession transformée en sacerdoce et le voilà, lui-même, sacré grand pontife.

Avez-vous remarqué les à-coups saccadés que son poignet noueux imprime aux brides du mors, reposant sur les barres sèches de son cheval... véritable cheval de bois, mais pas de Troie, car il n'a rien dans le ventre. Est-ce une monomanie, un tic nerveux, une habitude inconsciente ? Veut-il exercer une répression contre sa bête poussive, châtier sa nature récalcitrante ou accélérer son allure débonnaire?

Se venge-t-il sur elle, dans un moment de colère, de tous les déboires que lui causent les soucis du métier, ou lui fait-il payer en coups les pourboires qu'il n'a pas reçus? Nul ne le sait. L'âme d'un Collignon est si noire!

Eh! va donc, *charogne*... Ha? tu buttes, vieille *carne*, rosse de brancard, pochée d'avoine!... Et, d'un coup de fouet, qui enveloppe de sa lanière ce squelette ambulant, il scande plutôt chaque mouvement de rage que chaque faute du bidet rétif.

Parfois le cocher de fiacre est un visionnaire, qui n'aperçoit rien de ce qui l'entoure. Il poursuit sa route comme son idéal, sans se soucier du genre humain, monté en croupe derrière la fantaisie qui le mène.

C'est pourquoi il conduit par à peu près, allant d'un bord et de l'autre, les rênes flottantes, occasionnant de brusques arrêts ou de pénibles soubresauts, lorsque les roues enferrées du char *fringallent* en patinant sur les rails d'acier.

C'est pourquoi il effraie les promeneurs placides en tournant trop court au coin des rues ou en rasant trop près la borne du trottoir. C'est pourquoi sans sujet, par caprice, il lance à fond de train son animal, qui tombe efflanqué, au milieu d'un encombrement, en renversant les femmes, écrasant les enfants, tuant les vieillards. Rien ne lui coûte d'ailleurs. Il est couvert de ses méfaits par une Compagnie d'assurances.

Le cheval a-t-il seulement glissé des quatre fers? Il rejette ses courroies, descend de son siège, déboucle quelques sangles, relève sa haridelle avec l'aide des personnes complaisantes. Il s'en trouve toujours de charitables! Puis, le dommage constaté ou le dégât réparé, il repart d'une façon vertigineuse, en faisant claquer son fouet d'un air vainqueur. Arrivé à destination, il n'aura jamais dans sa bourse de cuir assez de gros sous pour vous rendre la monnaie; mais il aura toujours la langue assez grasse pour vous abreuver d'injures, avec une exubérance de mots! Où a-t-il acquis cette profonde connaissance de l'épithète? Dans quel dictionnaire d'argot a-t-il puisé cette variété d'expressions? D'où nous arrive-t-il donc? Est-ce au Nord ou au Midi qu'on vous répond, lorsqu'on est chargé :

— Puisque je vous dis que je suis plein!

Où se recrute en effet le cocher? D'où proviennent ces jeunes godelureaux, coiffés d'un chapeau ciré et vêtus d'une blouse bleue?...

Poupards frais et roses, sortis frais moulus de leur campagne, que la Compagnie des Petites-Voitures promène dans un chariot pour leur faire connaître Paris jusque dans ses recoins, pour leur apprendre la ligne la plus courte qui va d'un point à un

autre, quand il s'agit d'une simple course. Car, outre la ligne droite, elle leur enseigne aussi les lignes courbes, brisées ou serpentines, afin qu'ils ne soient pas embarrassés quand ils marcheront à l'heure parce que, suivant le dicton, tous les chemins mènent à Rome.

Sont-ils Auvergnats, Bourguignons, Savoyards?... Ou bien ce véhicule déambule-t-il à travers les rues de la capitale avec les épaves réunies de toutes les provinces, un ramassis de tous les déclassés fournis par les départements? Financiers véreux, noceurs incorrigibles, magistrats débauchés que la bourse, les femmes et le jeu ont mis sur la paille... Jeunes gens ruinés, commerçants échappés du bagne, prêtres défroqués de leur soutane râpée qui revêtent la lévite crasseuse du cocher! Tous arborent la livrée commune qui recouvre les mêmes plaies sociales, tous endossent la même redingote usée qui cache leur misère pouilleuse.

La corporation s'est enrichie depuis peu du cocher à binocle. Ne désespérons pas de voir bientôt apparaître le monocle du marquis *décavé,* qui, n'ayant pas pu se conduire lui-même, aspirera à conduire les autres, sous prétexte qu'il a toujours aimé conduire.

Après plusieurs courses faites dans le char

à bancs de la Compagnie, le jeune cocher est censé connaître tous les détours de Paris.

Ayant satisfait à un examen préalable sur le harnachement du cheval, il lui est délivré un brevet de *bonne conduite*. Puis, initié aux règlements de la police et à la contravention des gardiens de la paix, il reçoit le fouet — insigne du commandement — qu'il tient d'abord comme un cierge, mais qu'il portera ensuite comme un sceptre.

Ce jour-là, le jeune cocher, candide ou vicieux, probe ou malhonnête, se trouve placé au niveau des vétérans du métier qui ont blanchi sous le harnois. Car, après s'être égosillé pendant une journée à crier aux passants : *Gare, hop...* il a éprouvé le besoin de se rafraîchir le gosier chez un marchand de vin, où il a savouré les théories ineptes de plus d'un géronte expert dans l'art de brider à gauche.

Son sort en est décidé, car la corruption a

commencé son œuvre. Physionomiste, il saura choisir le type qu'il lui faut, refuser la figure qui lui déplaît, accepter le personnage qui lui convient.

Plein de ruse, il cherchera à vous mener par des chemins détournés ou encombrés, afin de doubler pour lui le prix du temps, qui est l'argent du client. Dédaigneux souvent, il saura éviter de vous répondre, ou il le fera en vous donnant une faible excuse, d'une façon presque timide, en murmurant à votre oreille :

— Si cela vous était égal d'en prendre un autre ?... Mon cheval est si fatigué !...

Narquois, il haussera les épaules ; insolent, il vous parlera d'un ton arrogant :

— Cocher, à l'Odéon...

— Ré-pè-te-le donc ?...

Et il s'esquive rapidement, en cinglant sa malheureuse bête.

Vous jaugeant du regard, il se montrera tour à tour empressé, méprisant, rébarbatif.

Paraissez-vous avec une lorgnette en bandoulière, dont le cuir jaunâtre révèle à tout œil exercé des goûts sportifs?... Vite il ira à votre rencontre, en vous disant d'une voix mielleuse :

— Patron, j'ai un excellent *tuyau* pour *Sucre-d'Orge;* si vous voulez me faire entrer sur le turf avec ma voiture, je vous mènerai pour rien et nous partagerons les bénéfices...

Il n'y a pas d'exemple dans les annales hippiques qu'un gentleman ait repoussé un semblable talisman!

Mais tous les jours ne sont pas fêtes pour un cocher. Quelquefois, celui-ci erre comme une âme en peine, mécontent et grincheux, déversant sa bile. Il fait halte auprès d'un ses collègues, maugréant et pestant contre l'espèce humaine. Un Chinois passe.

— Oh! là, là, c'te queue, fait-il comme un gavroche, on dirait la natte de Virginie.

Le Chinois lettré — ils sont tous lettrés —

lui répond alors d'un air goguenard, sur le même ton faubourien :

— Ah! mince alors. Tais ton bec, Collignon!

La race du cocher de fiacre, qui voit son bourgeois battu par un homme brutal et qui descend de son siège pour prendre sa défense, a complètement disparu... Par contre, le cocher de bonne maison, qui, lorsque ses maîtres sont au bal ou au théâtre, profite de leur absence pour voiturer les gens, fleurit plus que jamais sur les bords de la Seine.

La *maraude* se pratique sur une vaste échelle de toutes parts.

Tandis que le cocher amoureux — à la belle livrée neuve, avec un gilet rayé rouge et noir, une redingote aux boutons d'or — promène en voiture découverte sa fiancée, gente gantière, qui va faire ses achats pour la communauté... le fiacre fermé, aux stores baissés, comme la Pudeur qui se voile, s'achemine vers les bois mystérieux.

— En route pour Cythère, tirailleurs embusqués!

Mais défiez-vous de Jean, le cocher du *Fiacre* 117, qui a une voiture machinée, avec une batterie sous le siège et un timbre avertisseur dans le dos. En baissant les stores, *criss*, *criss*, la sonnerie marchera et le fiacre s'arrêtera sous l'œil d'un agent.

— Est-ce qu'il a empaillé son cheval, cet oiseau-là!... dirait Valentin du *Petit Faust* en se penchant par la portière?... Est-ce que ses roues sont gelées?.. Le gardien n'aurait point la main engourdie pour vous dresser un procès-verbal.

Heureusement qu'il n'en est pas toujours ainsi dans notre Paris mondain et demi-mondain! Pour n'en point rouler aussi vite, dans le monde *trois-quarts*, qui comprend d'autres subdivisions, les voitures n'en roulent pas moins beaucoup. Un employé de la Préfecture, préposé à la garde des objets trouvés, affirmait dernièrement que les jarretières perdues lui étaient toujours remises par des cochers.

En attendant que cette vérification soit

faite, le flot humain continue de rouler sur les boulevards. Les voitures enguirlandées paraissent à la *Fête des Fleurs* pompeusement ornées, chacun roulant plus ou moins sa bosse ici-bas, sur une ou plusieurs rosses, avec ou sans carrosse :

> Car rosse convient à carrosse,
> Et carabosse rime hélas ! avec bosse.

Mais, quand vers le soir du 14 juillet, les lourdes batteries d'artillerie reviennent de

la grande revue passée à Longchamps, le soleil décline, et plonge Paris dans les ténèbres. Tout flamboie subitement au milieu de l'immensité insondable. Les étoiles d'or scintillent au bleu firmament, avec le vif éclat des jets de lumière électrique, et nos becs de gaz, pâles étoiles allumées sur terre, piquent d'un point brillant la nuit sombre. Les lanternes des voitures filent, comme des feux follets, les unes derrière les autres, traversant par endroits de grandes traînées lumineuses et disparaissant dans l'obscurité au milieu d'un ronflement continu.

Les *pontes* s'attablent autour du tapis vert, où roule l'or en cascades blondissantes; d'autres s'installent devant une *roulette* de famille qui leur rappelle les émotions de la côte d'azur. Des fumeurs endurcis roulent leur centième cigarette, qu'ils *grillent* sur un divan avachi ou au fond d'un fauteuil moelleux, en attendant le moment de regagner leur gîte. Tous, à la sortie de ces tripots, comme au seuil des hôtels, s'enfournent dans une voiture de cercle, trébuchante et cahotante, ou dans un sapin à galerie qui geint sur ses ais disjoints.

L'aube point à la ligne de l'horizon et blanchit déjà les toits.

Les charrettes des maraîchers descendent des hauteurs à pas pesants, sinuant le long des avenues désertes. Les tombereaux *répurgateurs* de la ville sont tirés par des bêtes étiques, souvent attelées en *tandem*. Leur

petite sonnette annonce, avec un gai *tintinnabulum,* leur cueillette d'ordures à domicile. Des hommes en loques, les uns enlevant la boîte Poubelle et les autres la vidant, mènent ce char, sur lequel s'élève une montagne de délivres, tandis que de vieilles savates éculées se balancent sur ses flancs, que de vieux débris hétéroclites se suspendent à l'un des côtés et qu'une botte de roses fanées s'épanouit sur le dôme. Les omnibus de chemin de fer se traînent, surmontés d'une haute pile de bagages qui ondule; les carrioles de laitières, jadis traînées par des chiens, oscillent avec tout leur attirail de ferblanterie qui se heurte ensemble, comme le choc bruyant de quelque vieille armure. Quel soldat, en effet, en allant le matin à la manœuvre, n'a point entendu sonner cette diane particulière, produisant ce frais cliquetis d'armes, qui se froissent pendant un assaut?...

Pendant que la moitié de la ville repose, l'autre moitié veille et les journalistes ne sont point les derniers à accomplir ce travail nocturne. Dure besogne qui a nécessité parfois de fatigantes courses et d'âpres recherches durant tout le jour. Mais enfin leur article est fait, livré aux protes qui le composent... Les volants des machines tournent avec rapidité, mettant en mouvement les bobines sur lesquelles s'enroule le papier tandis que les rouleaux d'encre viennent y déposer un *baiser* humide... *Ça roule* maintenant ! *Ça roule,* selon l'expression reçue, sur les machines rotatives Marinoni. Et des milliards d'exemplaires, imprimés en une nuit, s'enlèvent comme par enchantement pour être distribués dans Paris, jetés aux quatre coins de la France, répartis dans toute l'Europe, éparpillés sur le globe entier.

Et ces feuilles innombrables, écloses à trois cents mètres au-dessous de la lampe électrique qui rayonne au sommet de la tour Eiffel, vont éclairer le monde sur l'état politique et social de notre civilisation. Civilisation assez semblable à cette Babel moderne qui projette ses lueurs irisées dans la profondeur du ciel, en répandant sur le vaste univers les merveilles de son génie et les progrès de son industrie.

A DEUX SIÈCLES D'INTERVALLE

Principaux carrossiers :

VERS 1692[1].	EN 1889.
GERVAIS et VIGNARD, rue Saint-Martin.	MUHLBACHER, avenue des Champs-Élysées.
BAILLEUL et DES MOULINS, rue des Vieux-Augustins.	MILLION-GUIET ET Cie, avenue Montaigne.
STOQUET, dans l'enclos de la Foire Saint-Germain.	ROTHSCHILD, avenue Malakoff.
MOREAU, rue Mazarini.	BINDER, boulev. Haussmann.
LE ROUX, rue des Petits-Champs.	GRUMMER ET Cie, rue Cambacérès.
TREVERGER, rue de Bussy.	BELVALETTE, avenue des Champs-Élysées.
L'AMIRAL, au Petit-Marché.	GEIBEL, rue de Milan.
MARCEAU, rue des Quatre-Vents.	KELLNER, avenue Malakoff.
LA VILLE, rue de Tournon.	JEANTAUD, anc. maison EHRLER, rue Ponthieu.
POIVRET, rue de Taranne.	LABOURDETTE, avenue Malakoff.
LA PLACE, rue de l'Égout.	

1. *Histoire des Chars*, par RAMÉE.

VERS 1692.

Des grands carrosses de louage pour les princes, les ambassadeurs, se trouvaient chez :

DALENÇON, rue Mazarini.

DAUPHINÉ et DUPUIS, rue du Four Saint-Germain.

CLOUET, rue des Vieux-Augustins.

DAVID et L'ESCUYER, rue de Seine.

GUÉRIN, rue des Bouchers Saint-Germain.

Vve LE ROUX, derrière l'hôtel de Salé.

Vve ROBILLON, Faubourg Saint-Michel.

EN 1889.

Grands Loueurs.

Cie DES PETITES-VOITURES, direct. BIXIO, place du Théâtre-Français.

URBAINE, direct. DE LAMONTA, 59, rue Taitbout.

DUFAYEL, boulev. Barbès.

ABADIE, 22, rue Bayard.

GUIOT, rue Ville-l'Évêque.

HONORÉ, rue Jean-Goujon.

BRIOU, rue Basse-du-Rempart.

Les idées roulent dans le monde vers quelque but inconnu, et, du haut en bas de l'échelle sociale, les hommes roulent à la recherche de créations nouvelles. Mais, sur cette terre, rien ne roule qui ne soit recueilli ou condensé par le journalisme, ce grand accumulateur et grand divulgateur de la pensée humaine. Aussi voulons-nous léguer à la postérité, afin que nos petits-fils puissent les consulter dans cent ans, les :

PRINCIPAUX JOURNAUX

DE

PARIS

PUBLIÉS PAR ORDRE DE DATE

DEPUIS

le 5 jusqu'au 25 mai

1889

PRIX DE L'ABONNEMENT

Le Temps

PRIX DE L'ABONNEMENT

BULLETIN DU JOUR

DÉPÊCHES TÉLÉGRAPHIQUES

DERNIÈRE HEURE

LA RÉUNION DES ÉTATS GÉNÉRAUX

FEUILLETON DU « TEMPS »

LE SALON

Le Numéro 15 cent. à Paris, 20 cent. dans les Départements — Lundi 6 Mai 1889

LE FIGARO

H. DE VILLEMESSANT
Fondateur

SOMMAIRE

M. CARNOT

LA FÊTE D'AUJOURD'HUI

EXPOSITION

LE CENTENAIRE

DE LA RÉVOLUTION

LE COUP DE REVOLVER

DE PARIS A SÈVRES

A SÈVRES

DE SÈVRES A VERSAILLES

A VERSAILLES

DANS LA GALERIE DES GLACES

Paris : 15 centimes — Départements et Gares : 20 centimes

ARTHUR MEYER

Le Gaulois

ARTHUR MEYER

VIVE LA FRANCE!

INAUGURATION DE L'EXPOSITION DE 1889

Arrivée de M. Carnot

Les discours

LA FOULE

L'ASPECT DE PARIS

LA SOIRÉE

EN BATEAU

LE RETOUR

LES FEUX D'ARTIFICE

DERNIÈRE HEURE

Ce qui se passe

ÉCHOS DE PARIS

Mardi 7 Mai 1889

ANNONCES DE LA LIBERTÉ

LA LIBERTÉ

Mardi 7 Mai 1889

ABONNEMENTS A LA LIBERTÉ

BULLETIN DU JOUR

DÉPÊCHES PARTICULIÈRES DE LA LIBERTÉ

LA FÊTE DE VERSAILLES

OUVERTURE DE L'EXPOSITION

BULLETIN FINANCIER

DERNIÈRE HEURE

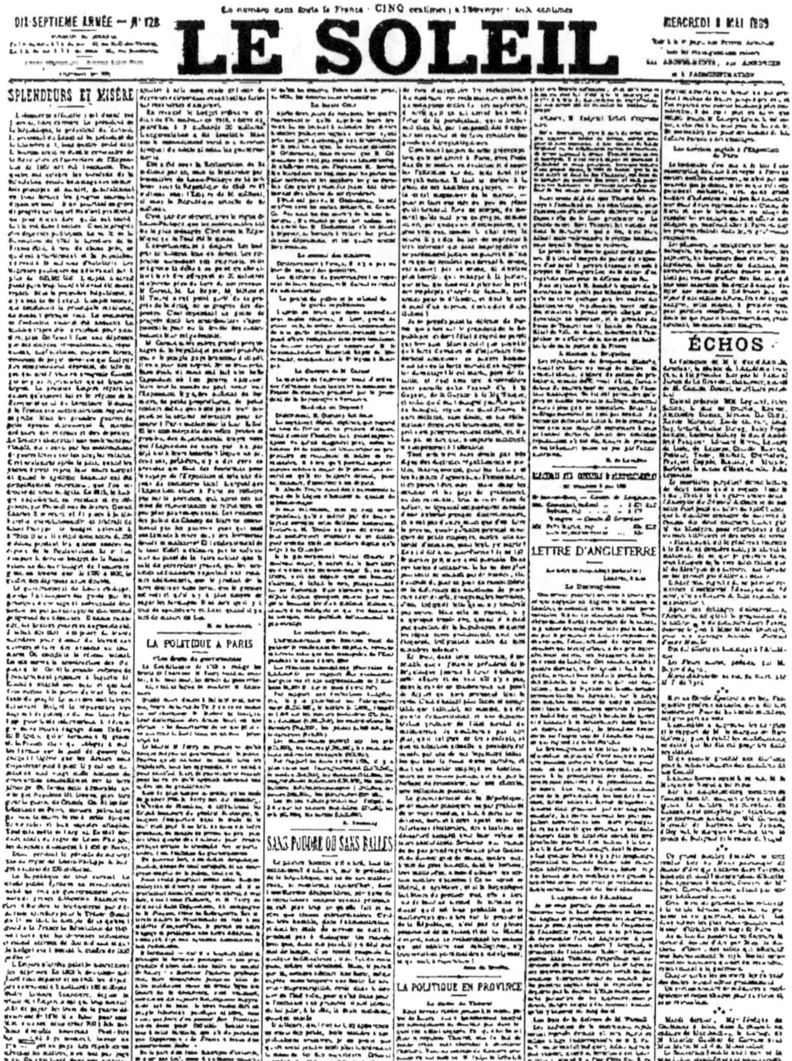

Le numéro dans toute la France · CINQ centimes

DIX-SEPTIÈME ANNÉE — N° 128

LE SOLEIL

MERCREDI 8 MAI 1889

SPLENDEURS ET MISÈRE

LA POLITIQUE A PARIS

SANS PUDEUR OU SANS BALLES

LA POLITIQUE EN PROVINCE

LETTRE D'ANGLETERRE

ÉCHOS

LA FRANCE

JEUDI 9 MAI 1889

ABONNEMENTS : 144, RUE MONTMARTRE, PARIS

PARIS ET DÉPARTEMENTS

PROCÈS QUESNAY DE BEAUREPAIRE. — JUGEMENT

SOMMAIRE

UN HOMME D'ESPRIT

LE COMTE TOLSTOÏ

Un peu de statistique

SOCIALISME INDÉPENDANT

SIMPLE QUESTION

CHRONIQUE

DERNIÈRES NOUVELLES

AFFAIRE QUESNAY DE BEAUREPAIRE

Le jugement

NOUVELLES DIVERSES

AU PALAIS

BULLETIN FINANCIER

L'ÉVÉNEMENT

SOMMAIRE

CHRONIQUE DE PARIS

Echos de Paris

LE MONDE & LA VILLE

INFORMATIONS PARTICULIÈRES DE L'ÉVÉNEMENT

LA HAUTE COUR DE JUSTICE

ARSÈNE HOUSSAYE

PARIS

M. Paul CANIVET, directeur — VENDREDI 10 MAI 1889 — M. Ch. LAURENT, rédacteur en chef

A. RANC, Ch. LAURENT, Paul CANIVET.

Paris et Départements — 10 CENTIMES — Paris et Départements

L'OBLIGATION 613

par

Edmond LEPELLETIER

DERNIÈRES NOUVELLES

LE FAUX COMPLOT

Aujourd'hui

LES GRANDS ANNIVERSAIRES

CONSEIL DES MINISTRES

La « Marseillaise » des autres

LARMES DÉVOTES

LES JUGES QUI SE RÉSERVENT

CHRONIQUES DE PARTOUT

BOURSE DU 9 MAI

DERNIÈRE HEURE

AU PALAIS

PARIS ET DÉPARTEMENTS : 10 CENTIMES
Le Matin
DERNIERS TÉLÉGRAMMES DE LA NUIT
SEUL JOURNAL FRANÇAIS RECEVANT PAR FILS ET SERVICES SPÉCIAUX LES DERNIÈRES NOUVELLES DU MONDE ENTIER
CHRONIQUE PARISIENNE
LA RUE DU CAIRE
FAUSSE PISTE
QUATRE-VINGT-NEUF

Samedi 11 Mai 1889
LE SOIR
Journal d'Informations
Donnant à 8 heures 1/2 les dernières nouvelles de la journée et le compte rendu complet des Chambres
2e ÉDITION
BOURSE DE PARIS
DERNIÈRES NOUVELLES
FRANCE
Banquet de l'Hôtel de Ville
L'EXPOSITION
AU PALAIS
JOURNAUX DE 4 HEURES
EXTÉRIEUR
LES GRÈVES EN ALLEMAGNE
Assemblées d'Actionnaires
LE RELÈVEMENT

L'ILLUSTRATION

Prix du Numéro 75 centimes — SAMEDI 11 MAI 1889 — 47e Année. — N° 2411

INAUGURATION DE L'EXPOSITION UNIVERSELLE

Le Président de la République acclamé à sa sortie de l'Exposition coloniale.

LE MONDE ILLUSTRÉ

JOURNAL HEBDOMADAIRE

ABONNEMENT POUR PARIS ET LES DÉPARTEMENTS [illegible]

33e Année. — N° 1678. — 25 Mai 1889

Directeur : M. ÉDOUARD HUBERT

DIRECTION ET ADMINISTRATION, 13, QUAI VOLTAIRE [illegible]

[illegible]

[illegible] Esclarmonde (Mlle Sybil Sanderson).

LE THÉÂTRE ILLUSTRÉ. — *ESCLARMONDE* — Opéra de M. Jules Massenet, représenté à l'Opéra-Comique.

Scène finale. — (Dessin de M. Adrien Marie.)

GIL BLAS

SOMMAIRE

Chronique parisienne

NOUVELLES & ECHOS

NOUVELLES A LA MAIN

LA BALANCE

LE LÉZARD

Un numéro, Paris 10 centimes — Départements 10 centimes

LE NATIONAL

LA MAIN DU MORT

Bulletin du Jour

L'Election de la Seine

Dépêches

SCANDALES

QUESTIONS VITALES

BOURSE DU 31 MAI

DERNIÈRE HEURE

L'ÉCHO DE PARIS
JOURNAL LITTÉRAIRE ET POLITIQUE DU MATIN
RÉDACTION ET ADMINISTRATION : 16, RUE DU CROISSANT
MÉPHISTOPHÉLA
CATULLE MENDÈS
La Ville et le Théâtre
ECHOS
NOUVELLE À LA MAIN
CHRONIQUE
GUIDE DE L'ÉTRANGER

Lundi 13 Mai 1889

La Cocarde

DIRECTEUR POLITIQUE : R. LE HÉRISSÉ

PARIS 5c

142, rue Montmartre

NOS PRIMES

LES IMPUISSANTS

A SAINT OUEN

LE GÉNÉRAL BOULANGER EST ÉLU

BALTHAZAR MUNICIPAL

TRESSES BLONDES ET CHEVEUX GRIS

Nouvelle

Par CHARLES MAINARD

CINQ Centimes — Paris et Départements — CINQ Centimes

L'INTRANSIGEANT

Rédacteur en chef : HENRI ROCHEFORT

LE CODE A L'ENVERS

NOUVELLES DE MINUIT

CANDIDATURE OFFICIELLE

PRÉCAUTIONS ORATOIRES

L'Élection sénatoriale de la Seine

Le Général Boulanger dit

DÉPOSITION SANS IMPORTANCE

LA HAUTE COUR

EXPLICATION NÉCESSAIRE

Discours de Mâcon

La conférence de Tourcoing

Dix-huitième Année — N° 6.301 Paris et départements 10 centimes le numéro Mardi 16 Mai 1883.

LA RÉPUBLIQUE FRANÇAISE

GAMBETTA FONDATEUR

RÉDACTION ET ADMINISTRATION

42 RUE DE LA CHAUSSÉE-D'ANTIN 42

PRIME GRATUITE AUX ABONNÉS

BULLETIN OFFICIEL

NOUVELLES ET DÉPÊCHES

BOURSE DE PARIS

LA RENTRÉE

LA TRÊVE NÉCESSAIRE

ÉPILOGUE

LA VENGEANCE D'UN SERF

ÉDITION DU MATIN

JOURNAL DES DÉBATS

POLITIQUES ET LITTÉRAIRES

BULLETIN DU JOUR

FEUILLETON DU JOURNAL DES DÉBATS

JESS

Paris 15 centimes — Province 20 centimes

Départements
Un An, 66 fr

La Gazette de France.

Fondée en 1631

Paris
Un An, 58 fr

Directeur :
M. Gustave Janicot

Annonces

Dernières Nouvelles

Les Fumistes

Les Cahiers de 1889

Racaille

Il ne faut jurer de rien

Du Palais-Bourbon

Nouvelles du Jour

CINQ Centimes — Paris et Départements — CINQ Centimes

RÉDACTION
148, Rue Montmartre
A.-ÉDOUARD PORTALIS

LE XIXe SIÈCLE

JOURNAL RÉPUBLICAIN

ADMINISTRATION
148, Rue Montmartre

LE PALAIS DE GLACE

LE DÉCOLLEMENT

UN CONFRÈRE DEVANT LA HAUTE-COUR

AU MINISTÈRE DE LA MARINE

EN CHINE

LES GRÈVES ALLEMANDES

VOLEURS DE CHEVAUX

CHRONIQUE

COMPAGNIE DES OMNIBUS ET LE BON PUBLIC

Cinq centimes — Cinq centimes

PAUL DE CASSAGNAC

L'AUTORITÉ

Pour Dieu, pour la France!

PAUL DE CASSAGNAC

SAUVONS PANAMA!

Echos et Nouvelles

DERNIÈRES NOUVELLES

UN CLOU BIEN RIVÉ

UNE ADRESSE A LÉON XIII

LE SECRET DES LETTRES

LES AVOCATS DE O

RÉFORME URGENTE

10 centimes, Paris — Départements, 10 centimes.
Jules Laffitte
LE VOLTAIRE
Jules Laffitte
BULLETIN DU JOUR
VAINE COLÈRE
INFORMATIONS PARTICULIÈRES
FRANCE
ÉTRANGER
MENUS PROPOS
JUMBO
La-Haut! La-Haut!

Quarante... année — 15 centimes le Numéro — Lundi 30 Mai 1889

ABONNEMENTS

LA PATRIE

ANNONCES

DERNIÈRES NOUVELLES

INFORMATIONS

MALPROPRETÉS RÉPUBLICAINES

Méditez !

FAIT DU JOUR

Échos

LA PRESSE

Journal Républicain National

Directeur Politique, Rédacteur en chef : GEORGES LAGUERRE

LES TRIPOTEURS

UN REVENANT !

M. DE BISMARCK

ÉTIENNE DOLET

LA BATAILLE

5 CENTIMES — Mardi 21 Mai 1889 — 5 CENTIMES

Rédacteur en chef : LISSAGARAY

BISMARCK EN DÉROUTE

Lissagaray

Rochefort giflé par Pilotell

LES ROIS S'AMUSENT

Chansons de Bataille

UN APPEL PRESSANT

LES FÊTES DÉMOCRATIQUES

LE BANQUET LÉGITIMISTE

LES ANCIENS AMIS

LETTRES D'UN FONCTIONNAIRE CONSPUÉ

Le Petit Journal

UN NUMÉRO 5 CENTIMES

MERCREDI 22 MAI 1889

VINGT-SEPTIÈME ANNÉE

DERNIÈRE ÉDITION

MARDI 21 MAI 1889

LA MARSEILLAISE

Debout ou assis?

FEUILLETON DU 22 MAI 1889

MARATRE

Histoire d'amour

PETITE MÈRE

ROMAN INÉDIT

Emile Richebourg

Echos de partout

Le voyage du Roi d'Italie

UNE DÉCISION NÉCESSAIRE

L'EXPOSITION

Chronique du Champ de Mars

La Lanterne

JOURNAL POLITIQUE QUOTIDIEN

PARIS ET DÉPARTEMENTS

Le Numéro : 5 centimes

Les curés sac au dos !

CHEZ M. TIRARD

UN PLACEMENT

LA CHAMBRE

LA LOI MILITAIRE

QUEL LOCATAIRE DE LA RENTE

À L'ÉLYSÉE

AUTOUR DES CHAMBRES

VOYAGE PRÉSIDENTIEL

LE CONSEIL DES MINISTRES

DANS QUELQUES JOURS

La Lanterne

NOUVEAU GRAND ROMAN

Le numéro : 5 centimes

Le Petit Parisien

ABONNEMENTS | Direction : 18, rue d'Enghien | ANNONCES

Dernière Édition

LES ERREURS DE LA VUE

JEAN FROLLO

CONSEIL DES MINISTRES

UN MOUVEMENT PRÉFECTORAL

LA LANGUE FRANÇAISE

LES TORPILLEURS

LA HAUTE-COUR DE JUSTICE

LES ILES RIMATARA ET RURUTU

A LA CHAMBRE

CHASTE ET FLÉTRIE !

GRAND ROMAN INÉDIT

PREMIÈRE PARTIE

LES FIANCÉS D'ORCHAMPS

DIRECTION

F. MAGNARD, F. DE RODAYS, A. PÉRIVIER

LES ANNONCES SONT REÇUES
AU FIGARO
Rue Drouot, n° 26
et au Pavillon du FIGARO
sur la Tour Eiffel

EXPOSITION UNIVERSELLE 1889

Ce numéro a été remis

à

en souvenir de sa visite au PAVILLON du FIGARO, sur la seconde plate-forme de la Tour Eiffel, à 115 mètres 73 centimètres au dessus du sol du Champ de Mars.

PARIS, le 1889.

LE FIGARO

LE NUMÉRO
15 Centimes

ÉDITION SPÉCIALE IMPRIMÉE DANS LA TOUR EIFFEL

ABONNEMENTS
20 francs pour 6 mois
15 — 3 —
6 — 1 —

N° 12. — DIMANCHE 26 MAI

LA JOURNÉE D'HIER

L'INAUGURATION DU PAVILLON ARGENTIN

Fête très réussie hier au Pavillon de la République Argentine, où l'on célébrait à la fois l'anniversaire de l'indépendance de ce riche pays et l'inauguration du Palais (car c'en est un) où les Argentins ont organisé leur exposition.

Le Pavillon de la République Argentine, avec sa vaste coupole et le soleil d'or qui la surmonte, était déjà connu des visiteurs de l'Exposition avant d'être inauguré.

On en disait merveille, et c'est justice. Le gouvernement argentin y a dépensé douze cent mille francs. Les plus distingués de nos peintres et de nos sculpteurs ont travaillé à sa décoration ; il suffit de nommer Besnard, Gervex, T. Robert-Fleury, Cormon, Barrias, Montenard, Dam, Jules Lefebvre, Roll, Poupin, etc.

L'architecte du pavillon est M. Ballu.

A deux heures précises, le Président de la République est arrivé, suivi de sa maison militaire, et de M. Tirard, président du conseil, de M. le ministre des affaires étrangères, de MM. Berger, Millas, Alphand et des autres personnalités marquantes de la direction de l'Exposition. M. Peregrini, vice-président de la République Argentine, qui est de passage à Paris, et M. Paz, ministre de cette République en France, ont reçu le chef de l'Etat.

Trois orchestres ont joué à ce moment la *Marseillaise* et l'hymne national argentin. Les soldats indigènes venus expressément pour cette cérémonie sont alignés au rez-de-chaussée du palais.

Les assistants français considèrent avec une curiosité étonnée l'uniforme des soldats argentins, qui, à part l'épaulette et les parements verts du collet, rappelle beaucoup l'uniforme de nos lanciers durant la guerre : la tunique écourtée, à une seule rangée de boutons, le pantalon large bouffant sur la guêtre haute, le petit shako bas à visière plate. Tous ces soldats, à la face cuivrée, ont bonne mine, et leur tenue fait honneur à nos amis les Argentins.

Le service intérieur était assuré par des commissaires qui avaient eu la double amabilité d'ouvrir aux visiteurs deux buffets très confortables, et d'offrir aux visiteuses — très nombreuses et fort jolies — une luxueuse provision de bouquets.

Reconnu parmi les personnalités marquantes — d'origine française ou argentine — qui se pressent dans la vaste salle du Pavillon, MM. Ocampo, Lix, Lucas, Médina, Fernandez, Lopez Alzabiade, Ruiz Zorrilla, Ouros, général Posada, Guzman Blanco, Jevrer, Autunez, Macé, Franco, Santa Anna Nery, Flores, etc.

En tout, plus de deux mille personnes : tout le personnel officiel des colonies hispano-américaines est présent. Autour du Pavillon, la foule est énorme. Tout le monde veut voir M. Carnot, entendre la musique et visiter le Palais Argentin.

La visite du Président a d'ailleurs été courte. M. Carnot s'est contenté de faire le tour des salles d'exposition. Il s'est retiré au milieu des manifestations respectueuses et sympathiques de l'assistance, après avoir adressé les plus chaudes félicitations à MM. Peregrini et Paz, les deux principaux organisateurs de cette superbe exposition.

E.

ÉCHOS DE LA TOUR

DE HAUT EN BAS

Les visiteurs sont toujours nombreux au Pavillon du *Figaro*.

A citer parmi nos visiteurs d'hier :

Mme de Vullefroy-Cassini, Paris, Jean de La Tour, lieutenant au 13e régiment d'infanterie, Mayenne, Lefebvre des Vaux, directeur de la *Revue diplomatique*, organe des consulats et ambassades, M. et Mme André Bonnain, Lonchel-Bernard, Amiens, Ch. Sallandrouze le Moullec, Paris, Henri Le Normand de la Fosse, Paris, Mlle de Vougy, comte Jules de Carné, comte et comtesse de Bernard du Breil, Mme A. Marty, A. de Kroupensky, secrétaire de l'ambassade de Russie à Londres.

∴

Beaucoup de personnes âgées montent jusqu'à nous. Nous avons eu hier la visite de M. Chachouin, âgé de soixante-quinze ans, de M. Caen, âgé de soixante-seize ans.

Il y a deux jours, une dame de quatre-vingts ans, Mme Lambrel, est venue, tout heureuse, nous rendre visite au bras de son fils.

Hier, le comité de la classe 21 a offert un déjeuner à son président, M. Davoust.

Le repas a eu lieu à la brasserie de l'Alsace-Lorraine, sur la première plate-forme de la Tour Eiffel.

La table, bien dressée et ornée de fleurs par les soins de l'aimable gérant, M. Gottlob, était séparée du reste de la salle par une série de paravents.

Les convives étaient au nombre de quinze. M. Berger, qui avait bien voulu prendre part à ce repas intime, MM. Davoust, Eiffel, Salles, Tresca, Thierry-Mieg, Louvet, Legrand, Cerf, Delafosse, Lonchel-Bernard, Saltacréuze, Baurel, Courtois-Suffit et Quenardel.

Menu du banquet :

Hors d'œuvres variés
Œufs à la tripe
Truite saumonée hollandaise
Filet de bœuf Eiffel
Canetons rouennais
Asperges en branches
Aspic de mauviettes
Écrevisses bordelaises
Bombe lorraine
Fruits, etc.

∴

Au dessert, M. Davoust, prenant la parole, a remercié M. Berger d'avoir consenti à présider cette fête de famille. Il a déclaré qu'en célébrant ses opérations, le comité de la classe 21 avait pensé qu'il n'aurait pas été au complet s'il n'avait compté parmi ses hôtes M. Berger, le promoteur et l'apôtre de l'Exposition Universelle.

En quelques mots gracieux, M. Berger a répondu qu'il reportait tout l'honneur du succès sur les exposants qui avaient répondu à son appel et surtout sur les membres du comité de la classe 21, dont le sympathique dévouement ne lui avait jamais fait défaut.

Après le repas, tous les convives sont montés jusqu'à la deuxième plate-forme par les ascenseurs, accompagnés de MM. Eiffel et Salles.

Bonne chance à notre voisin de l'entresol, le Restaurant Français, qui a été, enfin, inauguré hier soir.

Les quatre établissements de la première plate-forme sont donc désormais tous ouverts au public. A l'heure où nous mettons sous presse, la Société des « Amis des Lettres » arrive au Restaurant Français pour y déjeuner.

EN BAS

L'administration de l'Exposition a pris des mesures sévères pour éviter que les petites scènes de désordre de dimanche dernier se reproduisent aujourd'hui.

Ces bousculades, d'ailleurs, n'avaient d'autre cause que le zèle maladroit de la foule à vouloir s'écraser en certains points de l'Exposition. Car le nombre des promeneurs, le soir, n'a jamais dépassé 220,000. Or les prévisions de l'administration portent à 400,000 le nombre des personnes qui peuvent circuler sans trop de peine dans les diverses parties de l'Exposition ouvertes le soir en y comprenant l'Esplanade des Invalides — côté des colonies — et l'allée centrale du quai d'Orsay.

Le Président de la République devait visiter, ces jours-ci, comme le lui avait demandé le comité d'organisation, le pavillon de l'Economie sociale, à l'Esplanade des Invalides.

Une démarche vient d'être faite auprès de M. Carnot pour le prier de renvoyer sa visite à une date ultérieure, l'installation du pavillon étant loin d'être terminée.

Cette exposition spéciale ne comprendra, à très peu de chose près, que des documents écrits, tels que brochures, rapports, tableaux et cartes synoptiques, mais elle ne sera certainement pas complète avant six semaines.

Mardi aura lieu, sous la présidence de M. Berger, l'inauguration de la taillerie hollandaise de diamants.

Les ouvriers de cet établissement travaillent en ce moment, sous la direction de M. Bsac, à la construction d'une Tour Eiffel en diamant qui sera, dit-on, une véritable merveille.

On vient de poser sur les socles de pierre des deux escaliers des vestibules du Trocadéro quatre groupes en bronze : un Cerf, un Renne, une Lionne et un Tigre.

Dans les grandes baies de la rotonde et des galeries, sur l'appui de chacune d'elles, on a également placé un vase en fonte émaillée de diverses couleurs. On y entretiendra des fleurs et des plantes vertes, constamment renouvelées par les soins des jardiniers du Trocadéro.

Un incident très amusant, hier, au Bazar Egyptien.

Un ânier s'étant trouvé indisposé, on fit mander en toute hâte le médecin de service, M. Jamet. L'envoyé était accompagné d'un âne sur lequel il invita M. Jamet à monter. Quand celui-ci se présenta au bazar de la rue du Caire, il fut accueilli par les marques de vénération les plus enthousiastes. On l'appelait *Toubib* (le Grand Médecin), on se prosternait devant son âne.

Une fois la consultation faite, les âniers ont fait à M. Jamet, jusqu'au poste de secours, une conduite triomphale.

Voilà des surprises auxquelles la clientèle française n'a pas habitué nos médecins.

Sur le registre du *Figaro*.

Pensée d'un cul-de-jatte, monté hier à la deuxième plate-forme :

« Je ne sens plus mes jambes. »

Bouche de Fer.

LE TOUR DU MONDE A PARIS

LA FÊTE DES FLEURS

25 mai.

Hier, au Trocadéro, deuxième concours international d'horticulture.

Le soleil avait voulu participer à la fête. Dans la féerie des jardins, les rutilances des fleurs tropicales éteignaient sans peine les chamarrures du cortège officiel accompagnant M. Carnot...

Un dahlia noir, ... C'est-à-dire

TABLE

Paris. — Typ. G. Chamerot, 19, rue des Saints-Pères. — 23989.

DU MÊME AUTEUR

Paris qui roule. 1 volume in-18 comprenant 120 gravures et dessins. . . .

OUVRAGES MILITAIRES

ARMÉE DE CHALONS

Sanglants Combats. 4e édition. 1 volume . . 3 fr. 50

Un Jour de Bataille. 5e édition. 1 volume . . 3 fr. 50

Défense de Bazeilles, suivie de **Dix Ans après au Tonkin.** 5e édition. 1 volume . . . . . 3 fr. 50

En préparation :

Charges héroïques. — A Reichshofen. — Autour de Metz.

ROMANS MARITIMES

HOMMES DE MER

En Croisière. 1 volume. . . . . 3 fr. 50

Pour y faire suite :

Le Sorcelanc. . . . . 1 volume.

Paris. — Typ. G. Chamerot. — 23989.

www.ingramcontent.com/pod-product-compliance
Lightning Source LLC
Chambersburg PA
CBHW050152030726
47505CB00005B/1341
* 9 7 8 2 0 1 4 4 9 3 8 6 3 *